Papa

Marianne Hofmann

Es glühen die Menschen, die Pferde, das Heu

Roman

Insel Verlag

Dritte Auflage 1998

Satz: IBV Satz- und Datentechnik GmbH, Berlin
Druck: Clausen & Bosse, Leck
Printed in Germany

Es glühen die Menschen,
die Pferde, das Heu

Die Kirche mit ihrem mächtigen Turm, immer schien sie zu groß zu sein für diesen Ort.

Für den Ort mit den armseligen Häusern in unmittelbarer Nähe des Klosters, wo es sumpfig war und feucht, den größeren auf der Anhöhe, der Marktseite.

Die Häuser der Menschen am Rande der Holledau, wo schon im Frühherbst die Donaunebel den Morgen durchziehen, den Abend gespenstisch verengen, waren nüchtern und zweckmäßig. Keine Mauernische, kein Balkon, kein Erker zierte sie. So war auch das Leben ohne Verzierung und Schnörkel.

Als das Kind des Wirtes aufwuchs, trennte noch immer eine heimliche Linie den Ort. Drüben im Markt wohnten die Geschäftsleute, der Brauereibesitzer, der Bürgermeister. Sie stellten den Gemeinderat, spielten Theater, sangen im Kirchenchor und in der Liedertafel. Sie hatten polierte Grabsteine, heimliche Liebschaften, von denen jeder wußte; bittere Feindschaften und überschwengliche Versöhnungen wechselten sich ab, und was sie sagten, war für die Kleinen immer bedeutsam.

Da Anfang des Jahrhunderts der Gemeinderat den Anschluß an die Eisenbahn verhindert hatte, denn da würden ja die Leute zum Einkaufen in die Stadt fahren, wie sie sagten, blieb der Ort, der schon im Jahr 928 erwähnt wurde, immer ein Dorf.

Die Preißingers hatten fünf Kinder und eine lange, hagere Großmutter, deren Beine mit Stoffbahnen umwickelt waren.

Ihre Kammer lag neben dem Kuhstall, und der Misthaufen schaute zum Fenster herein. Ein Bett, überhäuft mit Stoffen und Decken, und eine Nähmaschine standen darin. Schräg zwängte man sich durch die Tür, weil sich dahinter Kleider und Lumpen stapelten.

Die Großmutter zog als Näherin von Einöde zu Einöde, sie trug Neuigkeiten weiter, bis sie verbraucht waren. Sie war auf allen Märkten und Volksfesten zu sehen, schleppte immer eine Traube Kinder mit sich.

Abends saßen die Preißingers um den Tisch in der dampfenden Küche, wo das Getreide für das Vieh auf dem Herd ausquoll, und sobald es herbstelte, tranken die Kinder Lindenblütentee, daß ihre runden Köpfe wie Laternen leuchteten.

Das nächste Haus stand direkt an der Straße, und das Küchenfenster war so niedrig, daß man beim Vorbeigehen bequem hineinschauen konnte. Manchmal konnte man die beiden Frauen sitzen sehen, beim Essen oder Stricken.

Die eine von ihnen, die mit dem hervorgequollenen Auge, das nach außen schaute, sie ging in die Ortschaften, wenn einer gestorben war, und schrie in die Hausflure hinein: »Da Huaba vo Holzen laßt bitten am Montag um neine seiner Frau mit der Leich«. Diese Frau hat ein Leben lang saure Milch gegessen mit fingerdickem, wülstigem Schimmel und zentimeterlangen, schwarzen Hundshaaren darauf. Für sie, die jahrzehntelang so viele Tode ausgerufen hat, sollte es später keine Zeit mehr geben. Tag und Nacht waren gleich geworden, und im Stuhl sitzend redete sie unentwegt laut vor sich hin, stritt mit ihrer Schwester, auch als die sich längst erhängt hatte, weil sie die Schimmelpilzfresserin nicht mehr ertragen hat.

Im Schatten der Klematis saß an den Nachmittagen der Kapellmeister, während sein Sohn im Garten auf- und abging, vor sich hinredete. Eine Detonation im Krieg hatte sein Gehör geschädigt, und von da an hatte er aufgehört, in Sätzen zu reden. Ja und nein, das genügte, dazu die Namen der Dinge, die er wollte.

Die Trompete spielten beide meisterhaft, und manchmal ruhte der Blick des Vaters, der einen weißen Stiftenkopf hatte und aufrecht ging, auf seinem Sohn, lange und nachdenklich.

Abends ging der Kapellmeister in das Wirtshaus, saß in der Küche am Tisch, während die Familie noch aß.

Es war ihm nicht gleichgültig, bei welchem Wetter die Bauern ihre Ernte in die Scheune brachten, und er hoffte mit ihnen auf einen trockenen Herbst. Sobald er aber sein Publikum hatte, wechselte er über zu seinem Lieblingsthema Tschiang Kai-schek, der Mandschurei und der Gelben Gefahr. Er hielt die Virginia in langen, schmalen Fingern, die gespreizt waren, wie bei einem schwierigen Stück auf der Trompete.

Das Kind des Wirtes stellte sich alle Menschen, die es kannte, mit gelben Gesichtern vor, und wenn er dann mit einem kurzen Blick auf das Kind leiser sprach, dann wußte sie, daß es um grausame Dinge ging.

Am Sonntagnachmittag, Punkt zwei Uhr, betrat der Sohn des Musikers das Wirtshaus.

Nachdem er seinen Hut an der Garderobe sorgfältig plaziert hatte, ging er mit leichten, aber bedächtigen Schritten an einen leeren Tisch.

Sobald das Bierglas vor ihm stand, fing er an, es auszurichten, zuerst auf dem Bierdeckel, dann in einem bestimmten Abstand zu sich und ebenso seitlich zu seinen Armen.

Anfangs noch ernst und nachdenklich und mit sich selbst redend, lösten sich allmählich diese Züge in seinem Gesicht, gingen über in ein versunkenes, stilles Lächeln. Er war entrückt und hörte nicht mehr, was um ihn herum vorging.

Das ist jetzt das vierte, sagten die Wirtsleute laut, als sie ihm das Bier hinstellten, damit sie ihm das fünfte als Zugabe gewähren konnten. Immer bat er danach um ein weiteres. No oans, no oans, beharrte er mit weicher, fast tonloser Stimme und hielt ihnen das leere Glas entgegen, sah dabei seinem Gegenüber zum ersten Mal in die Augen. Es fiel schwer, zu widerstehen, so hart zu ihm zu sein, wenn man ihn so glücklich sah.

Aber die Wirtsleute hatten es noch immer bereut, seinem Bitten nachgegeben zu haben. Es endete meistens in einem hohen, gelben Strahl aus seinem Mund, über den Tisch hinweg.

Am Sonntag spürt man Gott am meisten.

Ein kühler Sommermorgen, die Sonne ist noch gnädig. Im schönen Kleid, das Gebetbuch in der Hand, geht das Kind zur Kirche.

Halt dein' Kopf nicht so schief und heb d'Füaß auf, daß net so staubt. Schwätz nicht.

Mit diesen Worten der Mutter geht das Kind aus dem Haus.

Es geht die staubige Straße durch den Ort. Vom Turm donnern die Glocken, und der schmächtige Huber Franz hängt am Seil und läutet sie.

Mehrmals am Tag geht er mit einem Bund großer, alter Schlüssel in die Kirche, um zu läuten. Er trägt schwer an der Verantwortung, denn von ihm hängt es ab, ob ein Gewitter angeläutet wird oder nicht. Er hält den Kopf gesenkt und redet mit sich selbst. Er rennt in seinem Garten jedem Apfel nach, der vom Baum fällt, und verschenkt nichts.

Das Kind eilt die wenigen Schritte hinauf zur Kirche. Ob die Kufner Steffi einen Platz freigehalten hat? Die ist immer die erste, kniet und liegt gleichzeitig mit ausgebreiteten Armen in der Bank, besetzt somit den Platz für ihre Freundinnen. Man weiß nie, ob man dazugehört.

Dunkle Männergruppen stehen im Kirchhof beisammen. Die Gesichter der Bauersleute sind von der Sonne verbrannt, die Körper ausgemergelt von der Arbeit.

Die Kirche, hat der Lehrer gesagt, ist ein barockes Kunstwerk, man nimmt die Schönheit in sich auf, bevor man davon weiß.

Beim Gloria bricht die Sonne durch die gelben Fenster über dem Altar. Graziös heben die Engel die Jungfrau Maria in den Himmel. Sehnsüchtig ist ihr Arm nach oben gestreckt, hin zu Gott Vater.

Das Kind wartet auf den Duft des Weihrauchs. Er

steigt aus dem Gefäß in Wolken auf und läßt Maria in der Morgensonne schweben.

Die Predigt überstehen die Kinder mit Tauschen von Andachtsbildern.

Die Stille bei der Wandlung, aufgehoben durch das helle Läuten der Altarglocken, ist ergreifender Höhepunkt der heiligen Handlung.

Endlich: Ite, missa est. Deo gratias.

Sie eilt nach Hause. Der Duft von Schweinebraten und Sauerkraut, der aus den offenen Fenstern der Häuser zieht, macht das Kind hungrig.

Zu Hause: Ziag dei Gwand aus, daß das net dreckig machst.

Die Trägerschürze mit Rüschen dran, die, kleinen Flügeln ähnlich, auf der Schulter sitzen, darunter ein Hemdchen. Grad recht für einen heißen Sommertag.

Dann das Essen im Kreis der Familie.

Der Schweinebraten, die Knödel, der Kartoffelsalat mit Gurken darin. Großvater klopft mit dem Messerrücken auf den Knochen im Fleisch. Jeder weiß, was es bedeutet.

Wer die Hitze scheut, bleibt jetzt im Haus. Der einzige Tag, an dem man das darf.

Nur die unruhigen alten Männer, denen die Zeit davonläuft, kommen als erste ins Wirtshaus.

Geht was zamm mit an Tarock? Also guat, bring Kartn!

Das Bier, beim ersten Schluck fällt es zusammen, zu fett ist der Mund. So steht es da für lange Zeit, ein Greuel für den Wirt.

Die alten Männer im abgewetzten Sonntagsgewand, Zigarrenrauch, der in den Augen brennt und das Sonnenlicht bricht, die Stille ringsum, fast unerträglich für das Kind. Ja, geh naus, aber bleib in der Nähe, wenn ich dich brauche.

Das Kind wird oft gebraucht, weil Brot und Würste fehlen.

Die Freunde der Eltern, die Brüder der Mutter sind in Rußland vermißt oder gefallen. Der Winter war so kalt in diesem Jahr, daß die Kastanienbäume erfroren sind und gefällt werden mußten. So fett und schlecht war das Essen in den Wintermonaten, daß die Mutter während der Schwangerschaft des zweiten Kindes fortwährend erbrach.

Als das zweite Mädchen geboren wird, ist sein Körper übersät mit kleinen Abszessen. Sie hat das schlechte Blut des Vaters, sagt die Hebamme und badet das Kind in Kamille.

Das Mädchen entwickelt sich gut, und es wird bald in die Obhut der älteren Schwester gegeben. Sie muß die Kleine mit in den Kindergarten nehmen und auf sie aufpassen, obwohl sie doch lieber mit den Holzbausteinen spielen würde, die so gut nach Farbe riechen. Die Frauen hier sind resolut und tragen weiße Schürzen. Sie halten den Kindern die Nase zu und schieben ihnen übervolle Löffel Lebertran in den Mund, daß sie danach noch lange würgen. Nachmittags ruhen die Kinder auf geflochtenen Liegen, und die große Schwester wacht darüber, daß die kleine nicht in die Hose macht. Sonst dürften sie nämlich nicht mehr in den Kindergarten kommen, und die Mutter könnte nicht mehr auf das Feld. Immer hat sie Angst, daß etwas schiefgehen könnte. Und als beim

Krippenspiel die kleine Schwester als Engel auf dem Strohdach des Stalles sitzt, steht sie sprungbereit hinter der Kulisse. Gott sei Dank war es der andere Engel, der das Wasser nicht halten konnte, das dann Joseph in den Bart tropfte.

Linkshändig ist das Kind, das müssen wir ändern. Mühsam ist die Dressur: Das Papier wird von der Schere geknickt, die Suppe verschüttet, die Buchstaben sind eckig statt rund. Das feine, dünne Haar, glatt wie Seide, keine Schleife hält. Daß das Kind Gedichte aufsagen kann, ist selbstverständlich. Aber von dem Zeitpunkt an, als die Großmutter meinte, daß es bald eine Hundsnasen bekommen wird, wenn seine Nase so weiter wächst, wird es unauffällig, über Jahre.

Das Dröhnen der Bombengeschwader kündigte sich an in der Nacht, überzog den niederbayrischen Marktflecken.

De ziagn wieda auf Rengschburg eine, sagten die Erwachsenen unter der Haustür. Minuten danach brannte der Himmel schwefelgelb, hob sich infernalisch ab von der stockfinsteren Nacht. Die Flugzeuge kehrten zurück, um weitere Vernichtung zu laden. Ein anderes Mal war Landshut das Ziel, dann Nürnberg, draußen brannte die Welt. Noch blieb man verschont, dennoch näherte sich mit dem dumpfen Dröhnen der Bomber das Feuer, die Zerstörung, das Chaos.

Im Mai war das Mädchen mit den Nachbarskindern auf den Wiesen gewesen, um Dotterblumen und Vergißmeinnicht für die Mutter zu pflücken. Tiefflieger griffen jetzt die Zivilbevölkerung an. Plötzlich waren sie da, Raubvögel kamen hinter Wäldern hervor, stürzten herab, schossen auf alles, was sich bewegte. Daddaddaddadd. Waren schnell wieder oben und weg. Auch die Kinder wurden von einer Staffel überrascht. Plötzlich waren sie über ihren Köpfen, die Kinder liefen davon, stolperten im Gras, rannten den Hang hinauf, sich zu retten. Die Meute zog wieder nach oben, dann etwas weiter entfernt das Knattern der Maschinenpistolen. Das Mädchen saß in der Hecke und zitterte, die Blumen waren aus seiner Hand gerutscht.

Damals wußte es nicht, daß die Männer in den Maschinen die Kinder verschonten. Mittags brachten sie den Bauern und zwei Pferde nach Hause, tot.

Immer mehr Städter kamen aufs Land. Zum Hamstern, wie man das nannte. Plötzlich hatten die dummen Bauern eine große Verwandtschaft. Die Leute auf dem Land konnten sich kaum vorstellen, was Hunger bedeutete. Eine Verwandte aus München hängte sich einen geräucherten Schweineschlegel unter den Rock und schützte eine Behinderung vor, als sie die Kontrollen auf den Bahnhöfen passierte.

Nachts, wenn der Vater vor die Haustür ging, rannten die Spitzel davon, die an den Fenstern gelauscht hatten. Einem, der nicht in der Partei war, mußte man doch etwas anhängen können!

Bei den Trauergottesdiensten für die Gefallenen in der gruftkalten Kirche saß der Tod unter den Menschen. Im Mittelgang stand die Tumba mit einem Stahlhelm darauf. Was das Kind beschäftigte: daß der Mann, um den die Angehörigen trauerten, nicht als Toter im Sarg lag, sondern diese dumpfe, grausame Attrappe da war.

Auch die Mutter weinte immer öfter, verborgen und leise, wie sich's gehörte. Ein Bruder war bereits gefallen, vom zweiten gab es schon lange keine Nachricht mehr. Keine Päckchen mehr an ihn, mit den Lebkuchen darin, die er so liebte.

Dann eines Nachts, Unruhe hatte sich ausgebreitet, eilte der Großvater zum Schlafzimmer des Vaters, forderte ihn flüsternd, eindringlich auf, in seine Kammer zu kommen. Auf dem Kopfende des Bettes kniend, den Vorhang einen winzigen Spalt beiseite geschoben, schauten die beiden in die Gaststube.

»Die Soldaten sind ganz durcheinander«, flüsterte Großvater. »Was haben die vor? Die ganze Nacht war schon so unruhig, sie haben unentwegt telefoniert und gefunkt.«

Das Mädchen saß im Ehebett des Großvaters, stellte sich das Geschilderte vor, denn aus dem Fenster schauen durfte es nicht.

»Jetzt«, sagte Großvater, »packens alles zusammen. Die haun ab, Hans, die haun ab!«

Eine Gruppe deutscher Wehrmachtsangehöriger hatte sich in den letzten Kriegsmonaten in der Gaststube einquartiert. Von heut auf morgen war dieser Raum tabu für die Wirtsleute geworden, jetzt gingen nur noch die Soldaten ein und aus. Durch das kleine Fenster, das eine Verbindung vom Schlafzimmer zur Gaststube herstellte, konnte die Familie die Männer beobachten. Von deren Aufgabe jedoch erfuhren sie nichts. Wie gut, daß sich Großvater immer geweigert hatte, das Fenster zumauern zu lassen. Schließlich konnte er dadurch immer am Treiben in der Gaststube teilnehmen, konnte im Stimmengemurmel einduseln, wie er das Einschlafen nannte, und wenn es zu laut wurde, sich einen Schnaps als Trost durchreichen lassen.

Die Männer hatten sich um das Fenster und was dahinter lag nicht gekümmert, um so mehr kümmerte sich Großvater um das, was in der Gaststube passierte. Ich möchte bloß wissen, was die die ganze Nacht über funken und telefonieren, rätselte er am Morgen, wenn er sie wieder mal beobachtet hatte.

Die Männer waren verschlossen und wortkarg, konnten sich nicht lösen aus ihrer Verspanntheit, wenn sie in die Küche kamen und das Essen holten, das ihnen die Mutter gekocht hatte. Zum ersten Mal aß das Kind Reisbrei mit Rosinen; die couragierte Tante hatte es den Soldaten abgeluchst, weil das Mädchen so dünn war.

Auf dem Flur wurde Vater gerufen, er eilte davon. Großvater blieb noch auf seinem Beobachtungsposten, das Mädchen schlief wieder ein.

Bei Morgengrauen zogen sie ab, hinterließen Gewehre, Revolver, Geräte, Decken und Töpfe. Sie befahlen dem Vater, alles verschwinden zu lassen.

Später wäre es ihm beinahe zum Verhängnis geworden. Ein Jäger hatte gesehen, wie er die Waffen bei Morgengrauen im Weiher versenkte. Es den Amerikanern zu verraten war die letzte Chance zur Rache.

In diesen Tagen war nur noch von den Amerikanern die Rede, die sich näherten. Ab und zu erschütterte dumpfes Gedröhne die Luft.

Eines Sonntagmorgens war es soweit. Das Dorf war umlagert, auf den Anhöhen standen die Panzer. Ein Mutiger aus dem Ort spannte ein Pferd an den

Wagen und fuhr hinaus vor die Häuser, schwenkte ein Bettlaken, das an einer Stange befestigt war.

Dann rollten sie an wie ein Gewitter, zuerst die Jeeps mit ihren Antennen, dahinter die Panzer, hinterließen dicke Spuren im feuchten Boden der Dorfstraße. Soldaten sprangen von Fahrzeugen, das Gewehr an der Hüfte stießen sie Türen auf, stürzten in Häuser. Als das Mädchen den ersten Schwarzen erblickte, erschrak es zutiefst, wollte von da an nicht mehr von der Seite des Vaters.

Ein Schwarzer trieb den Vater von Zimmer zu Zimmer vor sich her. Das Mädchen hing an seiner Hand, als sie in den Keller gingen, der dunkel und feucht war. Die Familie kannte die Stufen im Schlaf, die vierte war etwas tiefer und flach. Der Schwarze tapste bei der vierten hinunter, dem Kind auf den Fuß. Es schrie auf. Sofort nahm er es hoch und lächelte. So nah sein Gesicht und so schwarz die Augen, das mußte der Teufel sein. Sie gingen die feuchten Kellertreppen hinunter – kein Feind. Wieder oben kniete er sich nieder und gab dem Kind etwas Flaches, Schmales. Schokolade, sagte der Vater.

Im Schulhaus gingen die Fenster auf. Eine Flut von Papieren stürzte hinunter, ein Regen von Blättern, ein Wirbel, ein Rausch. Die Kinder jubelten und liefen zur Schule. Die Hefte und Zeugnisse waren vernichtet, ein Traum in Erfüllung gegangen.

Ausgangssperre ab acht Uhr abends. Kontrollen fuhren durch die leeren Straßen, hinter Fenstern standen die Menschen und schauten hinaus in den gespenstischen Ort.

Kaum hatten die Soldaten ihr Quartier im Garten des Nachbarn bezogen, kamen die Mädchen, es ging alles sehr schnell. Sie trugen als einzige seidene Strümpfe und Uhren, auch Kinder trugen sie bald unter dem Herzen. Diese wurden geboren, als die Väter schon weg waren. Sie hießen Robert und Manfred und Nancy, und als sie zur Schule gingen, nannte man sie Amischädel.

Die Küche war wieder besetzt. Ein Koch brutzelte Spiegeleier und Fleisch aus Dosen. Er schlachtete die Hühner und nahm ihnen fast alles, was eßbar war. Sie roch wieder den Milchreis, aber nicht mal den Topf auszukratzen war ihr diesmal gegönnt.

Die Männer, die noch vor kurzem am Biertisch von der fruchtbaren Ukraine geschwärmt und sich schon als Verwalter der Güter im Osten gesehen hatten, waren auffallend ruhig geworden, verfolgten mit Neugier und Staunen das Treiben der Besatzer. Die Kinder, unterwegs auf der Jagd nach Schokolade und Kaugummi, waren nur noch selten zu Hause. Auch Großvater hatte gefunden, was er so lange entbehrte. Fünf Liter Bier verdunsten nicht einfach so durch die Poren. Kein Potschamperl war aufzutreiben gewesen während des Krieges. Eines Nachts stand ein Stahlhelm unter dem Bett, wie er ihn bekommen hatte, verriet er nicht. Die Mutter war empört, vor allem darüber, daß Großvater noch immer festhielt an dem wackligen Gefäß, als es längst wieder Nachttöpfe gab.

Im Garten des Nachbarn spielten und dösten die Soldaten, andere fuhren Kontrollen. Die langen Antennen der Jeeps, erst im letzten Augenblick schnellten sie zurück, wenn sie sich in den Zweigen der Obstbäume verfangen hatten.

Der Freund der Kinder hieß Peter. Während die anderen Soldaten die Bande längst schon verscheucht hatte, konnte man bei ihm immer noch sitzen und schauen und lächeln.

Mittags lag er wie die anderen im Gras, den Helm nach vorne geschoben. Barfuß schlichen sie sich an. Ein langer Grashalm kitzelte seine Nase. Erst verscheuchte er im Halbschlaf die vermeintliche Fliege, die Kinder hatten Mühe, sich zu beherrschen, beim zweiten Mal schaute er um sich und mahnte. Dann täuschte er Schlaf vor und wartete. Beim dritten Mal schoß er hoch, packte eines von ihnen und versohlte es scherzend. Das Mädchen rannte davon wie ein Wiesel, lief barfuß über trockene Furchen und Hölzchen, hinein in das Haus, versteckte sich hinter einer offenen, angelehnten Tür. Es war ganz still, nur das Herz klopfte am Hals. Dann legten sich vorsichtig, langsam, kühle Gummisohlen auf ihre nackten Füße, die auf der anderen Seite der Tür hervorkamen. Als sie zappelte, ließ er los und holte sie raus. Lachend warf er sie hoch, immer wieder, redete und lachte. Es war genau das, was sie wollte.

»Es gibt ein Mittel, das Ihnen helfen würde, das einzig Gute, das uns die Amerikaner gebracht haben. Es heißt Penicillin.«

Der Arzt steht am Fußende des Bettes und sagt es zum Vater wie eine Verheißung.

Faustgroße Karbunkel sitzen in seinem Rücken, in seinem Gesäß. Der Arzt schneidet sie auf, wenn sie reif sind, wenn schwarze Ichthyolsalbe den Herd zum Toben gebracht hat.

Grüngelb fließt Eiter. Unter Stöhnen des Vaters

drückt der Arzt so lange, bis Blut kommt. Schmale Drainagestreifen bleiben noch einige Tage in den Höhlen. Dicke Kompressen mit Salben kommen auf die prallen, roten Hügel, darüber Leukoplaststreifen. Die Mutter reißt sie schnell weg, wenn sie die Wunde verbindet, und der Vater schreit dabei kurz auf. Tagelang liegt er jetzt auf der Seite und stöhnt.

Kaum sind sie verheilt, kündigt sich die nächste Invasion an. Schau mal, sagt er zur Mutter, hier spannt es wieder so. Als harmloser, dunkelroter Fleck macht er sich bemerkbar, dann tauchen mehrere auf. Wochenlang wird es dauern, bis alles vorbei ist.

Leukoplastrollen, Spatel, Kompressen, Hefetabletten, Wund- und Heilsalben in runden Spanschachteln, Wacholderbeeren, Johanniskraut, Brennesseltee, Eichenrinde. Aus dem Schlafzimmer ist eine Apotheke geworden. Der Raum ist ausgefüllt mit dem Geruch der Salben und Tees und dem Stöhnen des Vaters.

Das Rasseln der Ketten in den Dezembernächten durchfuhr das Kind. Es floh hinter den Rücken der Mutter. Seit Tagen zogen, in zottige Felle gekleidet, die Krampusse durch den Ort, hielten Ausschau nach Buben, die sie verdreschen konnten.

Hab keine Angst, den Krampus lassen wir nicht rein, den Wilden, nur den Heiligen.

Am Nikolausabend lag sie schon im Bett, als die Mutter sie holte. Sie trug das Kind auf dem Rücken die Treppe hinunter, und das Kind spürte dabei die warmen Hände der Mutter auf seinem nackten Hintern.

In der Küche stand der Heilige. Groß, im bischöflichen Gewand, mit weißen Handschuhen und der Mitra auf dem Kopf. Der lange weiße Bart.

Das Mädchen saß im Nachthemd auf dem Küchentisch und starrte ihn ängstlich an. Er sprach von Bravsein und Lernen, und sie nickte dazu.

Während sie sein Gesicht betrachtete, sah sie hinter seinem Bart etwas funkeln. Und als er sich bückte und in den Sack griff, sah sie den Ohrring. Der Nikolaus gab ihr eine Tüte mit Lebkuchen und Nüssen.

Sie kannte den Ohrring, sie hatte ihn irgendwo schon einmal gesehen. Es ließ ihr keine Ruhe, bis sie einschlief, und auch nicht die nächsten Tage.

Alle Menschen, die zu ihnen ins Haus kamen, bestanden von jetzt an nur noch aus Ohren.

Eines Tages sah sie den Ohrring an einer großen, schlanken Frau. Das Mädchen sagte nichts. Es hatte gefunden, was es wollte, das erste Geheimnis war zerstört.

Mit dem Flüchtlingsstrom aus Schlesien war auch Herr Dohmke mit seiner Familie in das Dorf gekommen.

Sie wurden im Haus des Brauereibesitzers untergebracht. Das bedeutete, daß sie nicht irgend jemand waren.

Die san aus Breslau, hieß es. Er spuit Geign, und sie hat lackierte Fingernägel, und a Deandl hams a.

Von jetzt an ging eine Rose durch den Ort. Eine Rose mit tiefroten Lippen und kastanienbraunem Haar über dem Pelz. Ihr Mann begleitete sie, leichtfüßig und elegant, durch den Staub der Straßen im

Sommer, durch aufgeweichte Erde im Frühjahr und Herbst.

Über Nacht waren fast alle Kinder im Dorf musikalisch geworden, und immer mehr lernten jetzt ein Instrument spielen: Zither, Geige, Ziehharmonika, Mandoline, Herr Dohmke unterrichtete alles.

Das Mädchen hatte eine Mandoline. Der Vater hatte sie einem Zigeuner abgekauft, weil ihm das virtuose Spiel des glutäugigen Mannes so gefallen hatte und weil er sich gut vorstellen konnte, wie seine Tochter seinen Gesang begleiten und die Gäste bezaubern würde.

Herr Dohmke eilte federnden Schrittes von Haus zu Haus, dorthin, wo er seinen Lohn in Naturalien empfangen konnte. Er war noch immer sehr hungrig.

Bald konnte sie die ersten Lieder spielen, wie »Ännchen von Tharau«, was ihr aber nicht so gefiel. Um so mehr liebte sie die »Loreley« und »Es waren zwei Königskinder«. Sie liebte sie deswegen so sehr, weil die Mutter sie leise mitsang, während sie am Herd stand oder Gläser wusch. Das Mädchen spielte mit einer Zitherspielerin »Mein Herz ist im Hochland, mein Herz ist nicht hier...« Es war schön.

Nach dem Unterricht in der Gaststube setzte sich Herr Dohmke mit den Wirtsleuten zum Mittagessen. Das Kind konnte dabei wieder seine schönen, glatten Hände mit den hellen Rundungen an den Nägeln bewundern. Wie leicht er die Gabel hielt.

Die Mutter machte an diesem Tag eine extra große Raine Apfelstrudel oder Kartoffelmaultaschen. »Es schmeckt phantastisch, Frau Kolbeck«, sagte er immer wieder. Über das Gesicht der Mutter huschte leichte Röte, und das Kind freute sich, war stolz zugleich. Gerührt von soviel Aufmerksamkeit gab ihm die Mutter zum Abschied meist noch einige Eier oder ein Stück Fleisch mit.

Der Großvater, der Mehlspeisen haßte, weil sie nicht lange anhielten, wie er sagte, gefiel das Wort »phantastisch«, so wie es Herr Dohmke sprach, weil es sich beim zweiten a nach oben schwang, sich auflöste in einen Hauch. Er lachte spitzbübisch zu seiner Schwiegertochter hinüber, wenn er es hörte, und empfand es wohl als die höchste Form der Schmeichelei.

Bald legte der Lehrer den Eltern nahe, das Mädchen Geige lernen zu lassen. Neues Geld war knapp, aber im Stall standen junge Bullen. Der größte von ihnen wurde verkauft, und das Mädchen hatte eine neue, frische Geige, von Geigenbauern aus dem Erzgebirge, die jetzt in Niederbayern angesiedelt waren.

Der Druck dieser Großzügigkeit lastete schwer auf dem Kind. Zu der langen Liste der Aufgaben, die es nach der Schule zu bewältigen hatte, kam jetzt das Üben. Hast du die Ferkel, die Hühner, die Küken gefüttert, das Holz reingetragen, die Kartoffeln gewaschen, die Wäsche abgenommen, die Hausaufgaben gemacht? Nach dem Geigenspiel fragte bald keiner mehr. Es war selbstverständlich, daß sie irgendwann die Zeit und die Lust dazu aufbrachte.

Wenn dann die Konzerte stattfanden, konnte das Mädchen endlich wieder Herrn Dohmkes Frau aus der Nähe betrachten. Dieser süße Duft, der von ihr ausging. Ihr roter Mund und die langen, lackierten Fingernägel! Am schönsten aber war sie, wenn sie lachte. Wenn sich ihr Mund, diese rote Hügelkette, weitete und ihre vollen Zahnreihen hervorleuchteten. Unersättlich war das Mädchen, dies zu sehen. Und dann ihr Busen im Dirndlkleid aus Bettleinen. Atemberaubend. Gefesselt, offenen Mundes starrten die Kinder auf diesen Teil ihres weiblichen Körpers, als wäre es etwas, was keine Frau sonst besaß. Sie sahen es zum ersten Mal, das sonst unter Blautuchschürzen Verborgene. Auch die Väter der Kinder luchsten leuchtenden Auges auf die Frau, die dem ganzen Saal Glanz verlieh.

Ein großes Ereignis stand bevor: Bei der Frau Baronin auf dem Schloß sollten die Kinder ein Konzert geben.

Zwei Stücke für Geige und Mandoline hatte sie an diesem Nachmittag zu spielen. Für beide waren die Noten und Notenständer mitzunehmen.

Sie war allein an diesem Sommernachmittag, als sie aus dem Haus ging, die Mutter auf dem Feld. Sie glaubte, alles beisammen zu haben, aber als sie unter den vielen aufgeregten Kindern stand, stellte sie fest, daß sie für die Mandoline weder Noten noch Notenständer dabeihatte. Der Lehrer mußte es ihr angesehen haben, denn er fragte sie: »Hast du auch alles?« »Ja«, sagte sie leise und dachte an die Sachen zu Hause. Er würde sie nach Hause schicken, und alle müßten warten, ihretwegen. Sie würde die Sachen in der Eile gar nicht finden. Aber sie hätte zehnmal hin- und hergehen können, denn sie war mehr als eine halbe Stunde zu früh gekommen.

Die Lastwagen mit den Holzvergasern hinter dem Führerhaus fuhren vor, und das Durcheinander begann. Dann wurde ein Kind nach dem anderen mit seiner musikalischen Ausrüstung auf den Lastwagen gehoben. Da standen drei Reihen Gartenbänke. Die Kinder stritten sich um die Plätze.

Als es endlich losging, brüllten die Kinder vor Freude. Ein Schauder durchzog das Mädchen, als sie auf dem Lastwagen in Höhe der Hausdächer das Dorf hinter sich ließen.

»Hinaus in die Ferne mit Butterbrot und Wurst...«, fingen die Buben übermütig an zu singen. Sie dachte immer wieder an die vergessenen Noten und daß sie Herrn Dohmke angelogen hatte. Sie schämte sich. Vor allem, das Schlimmste stand ihr noch bevor.

»Wem Gott will rechte Gunst erweisen, den schickt er in die Wurstfabrik, den läßt er von der Knackwurst beißen und wünscht ihm guten Appetit«, sangen die Buben und grinsten. Der Rauch des Holzvergasers zog zwischen den Kindern hindurch.

Kaum hatten sie sich warmgesungen mit ihren frechen Liedern, schrien einige schon: »Das Schloß, das Schloß.« Alle standen auf und wollten das Schloß sehen. »Wildenburg, Wildenburg!«

Am steilen Weg zum Schloß hielten die Wagen. Ein Kind nach dem anderen wurde heruntergehoben. Dann ging Herr Dohmke mit seiner Kinderschar den Schloßweg hinauf. Natürlich waren auch seine Frau und seine kleine, freche Regine mitgekommen. Sie durfte überall mit dabeisein.

Die Schloßmauern waren von Efeu umwuchert. Als sie durch das Tor ging, erfaßte sie ein ehrfürchtiger Schauder. Der Hof war gepflastert und umgeben von hohen Gebäuden.

So viele Fenster und Türen auf einmal hatte sie noch

nie zuvor gesehen. Rote Geranien hingen von den Fenstern, darunter zogen sich, den Wänden entlang, Blumenrabatten.

Die aufgestellten Stuhlreihen zeigten, wie ernst es war. Was sollte sie mit ihrer Mandoline, ohne Noten? Sie hoffte, daß sie sich verstecken könnte unter den anderen, daß es vielleicht nicht auffallen würde in dem Durcheinander. Geige konnte sie ja mit vollem Einsatz spielen.

Eine Frau in einem Sommerkleid kam in den Hof und ging mit ausgestreckten Armen auf Herrn Dohmke zu. Das mußte die Baronin sein.

Das Mädchen war ein bißchen enttäuscht, daß die Frau Baronin schon so alt war, aber sie sah sehr festlich aus.

Kleid und Kniestrümpfe des Mädchens hatten dagegen nicht mehr die Frische, mit der es von zu Hause weggegangen war. Auch die anderen sahen etwas ramponiert aus.

Stühle wurden gerückt, Notenständer aufgebaut. Ihr Notenständer, der aus Aluminium war und auf glattem Boden schon bei geringster einseitiger Belastung das Gleichgewicht verlor, fand auf dem Kopfsteinpflaster des Schloßhofes erst recht keinen Halt. So schaute sie bei einem Nachbarn in die Noten.

Auf die vergessenen Noten konnte jetzt nicht eingegangen werden. Herr Dohmke setzte sie kurzerhand zu einer Flöte. Sie spielte, so gut sie konnte. Wenn sie den Anschluß verloren hatte, bewegte sie einfach das Plektron über den Saiten, bis sie wieder dabei war.

Die Baronin und die Gäste waren angetan vom Spiel, denn sie applaudierten heftig und lange.

Nach dem Konzert sollte es eine Überraschung für die Kinder geben, wie es hieß. Während sich die Herrschaften in das Schloß zurückzogen, wurden die Kinder in das Turmzimmer gebracht. Endlich kamen die Dienstmädchen in weißen Schürzen herein, hatten auf ihren Tabletts Glaskrüge, in denen es dunkelviolett schimmerte. Eine Schloßlimonade, dachte sie, und konnte es kaum erwarten.

Kaum aber hatten sie einen Schluck getrunken, lief einer nach dem anderen hinaus, spie den Rest in die Rabatten. Es war Holundersaft, den sie nicht kannten. Und die Rohrnudeln, die es dazu gab, waren auch eine Enttäuschung. Schließlich waren sie eine Fastenspeise, und es gab sie immer freitags.

Am Abend ging es mit dem Holzvergaser wieder nach Hause. Enttäuscht erzählte sie der Mutter von der Bewirtung im Schloß. »Ja, ja«, sagte sie, »diese Leute sind sparsam. Nicht umsonst sind sie so reich.«

Nach einigen Jahren verließ Herr Dohmke mit seiner Familie den Ort. Das Wort »phantastisch« war zum Lieblingswort des Großvaters geworden. Mit einer Mischung aus Belustigung und Ironie sprach er es aus, wenn er in seiner Mehlspeise stocherte.

Sie fürchtete den kleinen, runden Mann mit dem Apfelgesicht, seiner riesigen Lederschürze, die bis zum Boden ging und bei jedem seiner Schritte nach vorne schlug.

Es war ja so einfach für den Vater. Er brauchte nur zu rufen: »Geh her da, bring des Eisen zum Schmied.«

Er schlug ein Stück Zeitung um die Pflugschar, legte sie in ihre kleine Hand und sagte: »Morgen früh soll's fertig sein.«

Barfuß ging sie durch die staubgefüllten Löcher der Straße, scheuchte rotbraune Hühner auf, die sich den Bauch wärmten, Schwalben schossen kreischend auf eine Katze nieder.

Sie mußte sich beeilen, das Eisen in der Hand wurde schwer, und sein Gewicht verlagerte sich jetzt immer schneller, drohte zu kippen.

Immer näher kam sie dem Dongdongdong, Dingdingding. Dann stand sie in der offenen Flügeltür, schaute von der Helligkeit in den schwarzen, rußigen Raum.

In der Ecke glühte das Feuer. Er hörte sie nicht, und er sah sie nicht. Wann sollte sie sich ihm nähern?

Vorsichtig ging sie auf dem schwarzen Boden, der mit Nägeln und Blechteilen übersät war, zu ihm hin. In seinem rußigen Gesicht perlte der Schweiß. Funken sprühten bei den schnellen, kurzen Schlägen auf das Eisen, das rot, durchsichtig wie Eis auf dem Amboß lag. Endlich setzte er den Hammer ab, sah sie kurz an. Sie hielt ihm zaghaft die Pflugschar entgegen: »Morgen früh soll's fertig sein.«

»Pah«, sagte er und schnaubte. »I ko mi a net darenna, jetzt pressiert's alle. Morgen früah«, stieß er aus. Es war, als würde er lachen. »Morgen mittag, sagst zum Vadda, früher auf koan Fall. Leg's hi da.«

Sie sagte leise »Ja« und »Pfüa Gott« und war froh, wieder draußen zu sein.

Ihr Haus war kalt, zugig und feucht.

Die Küche, im Winter dunkel, voll Dampf, die Fenster beschlagen. Keine Verbindung nach außen, blind. Auch im Sommer war sie dunkel, der Blick nach draußen blendete.

Der Geruch nach Blaukraut und gekochtem Rindfleisch, wie sie diesen lauwarmen Geruch haßte.

Wenn sie aus der Schule kam, hatten die anderen bereits gegessen. Sie blickte auf benutzte Teller, saß dazwischen, aß dazwischen, mit Widerwillen.

»Es geht noch«, sagte die Mutter, schon auf dem Weg zum Feld, und meinte damit, daß das Essen noch warm sei.

Danach das lauwarme Wasser vom Herd, zum Spülen der Töpfe. Das Fett perlte an den Händen, der Ruß auf der Herdplatte vom Verschieben der Ofenringe verrieb sich und war hartnäckig.

Hat sie vielleicht deshalb immer die Milch überlaufen lassen? Die Milch für die Ferkel, im großen Topf. Plötzlich stieg sie auf, quoll über in Wogen, ergoß sich über die Herdplatte, war im Nu verkrustet, schwarz in der Mitte und gelblich-braun am Rand des Herdes.

Der Duft durchzog das ganze Haus. Herrliche Süße, Karamel.

Die Mutter roch es bis in den Stall. Sie schrie verzweifelt: »Hast wieder die Milch überlaufen lassen! Kannst jetzt du gar nicht aufpassen, es ist zum Verzweifeln mit dir.«

Endlich wird es Winter.

Dezember, Januar, Februar, das sind die Monate, in

denen das Eis wächst. Und jedesmal die bange Frage: Was ist, wenn es heuer nicht friert? Es wird frieren, sagt die Mutter. Denk an die Bauernregel: Der Februar sagt zum Januar: Hätt' ich die Gewalt wie du, erfrierte ich das Kalb in der Kuh.

Sie warten auf die Kälte. Warten, daß das Wasser zu Eis wird. Das Eis, das im Keller bis in den September hinein das Bier kühlen soll.

Über Nacht ist der erste Schnee gefallen. Auf der Straße ziehen Kinderhorden mit ihren Schlitten vorbei. Wild sind sie geworden vom Schnee. Sehnsüchtig schaut das Mädchen hinaus auf die Straße. Die Mutter erlaubt ihr nicht, sich unter die Kinder zu mischen, sie hält sie trotz der Bitten zurück. Zu viele Socken sind zu stopfen, zu viele Handschuhe zu flicken.

Erst wenn es dunkel geworden ist und die Mutter an den Melkschemel gefesselt, rennt sie los mit dem Schlitten, so, daß keiner sie sieht.

Einige Buben treiben noch ihre ausgelassenen Spiele auf der Schlittenbahn. Wenn es zum Gebet läutet um fünf, müssen sie nach Hause.

Jetzt ist sie allein. Der Mond steht eiskalt am Himmel, wirft sein Licht über die Schlittenbahn. Andächtig und still fährt sie hinunter, immer wieder, genießt das leise, fast schwerelose Gleiten. Ist ganz bei sich selbst und mit ihrem Schatten.

Der Vater wird nervös und staut die Wasserwiese. Dann, endlich, zieht es an. Es wird schon, sagt der Vater, das Eis, es wächst. So dick ist es bereits. Daumen und Zeigefinger zeigen die Dicke an. Jeden Tag geht er hinaus, sieht nach dem Eis.

Die Kinder prahlen in der Schule, daß sie am Nachmittag zum Schlittschuhlaufen gehen. Auf ihrem Eis! Und sie darf nicht hinaus!

Gegen den Willen der Mutter besorgt ihr der Vater alte Schlittschuhe. Sie ziehen die Absätze von den Schuhen und sausen ohne sie davon. Trotzdem ist die Freude groß.

»Als ob es das bräuchte«, sagt die Mutter, »daß Mädchen auch noch Schlittschuhlaufen lernen«.

Sie sitzt wieder in der Stube und stellt sich vor, wie die Mädchen kreischen, wenn sie gefangen werden von den Buben.

Schon sind die Männer bestellt, die Stecheisen und Hacken geschliffen, die Holzschlegel überprüft. Die Pferde haben ihre Winterstollen an.

Dann geht es los, das Eis ist jetzt zehn Zentimeter dick. Im Hof werden die Stiefel der Männer mit Jutesäcken umwickelt, Sisalschnüre, kreuz und quer verknotet, halten sie zusammen.

Auf geht's. Mit schweren, unbeholfenen Schritten tapsen die Männer zum Wagen. Die Pferde dampfen in der Kälte, ihr Fell ist dick geworden, jetzt im Winter.

Sie möchte unbedingt dabeisein und sehen, was passiert.

Auf der zugefrorenen Wasserwiese zerschlagen die Männer das Eis. Risse ziehen stöhnend durch die schwere Masse. Dann holen die Männer mit langen Hacken die schwimmenden Schollen an Land. Schwer sind sie, kantig und glatt. Sie rutschen aus den gebogenen Krallen der Gabeln und schwimmen davon. Aber einmal an Land, ist das Eis hilflos. Silbrig glänzend liegt es da. Es ist kein Stein, es ist kein Glas. Eingeschlossen ist die Dotterblumenpflanze mit ihren fetten Blättern, festgehalten das Gras in seiner fächerförmigen Biegung nach außen.

Die tischgroßen Platten werden auf den Wagen geschichtet. Langsam treibt der Vater die Pferde mit der schweren Fuhre an.

Zu Hause. Auf einer Rutsche schießt das Eis hinab in den Keller, in einen quadratischen Raum unter der Erde. Die ersten Platten beißen sich noch fest, am gestampften, schwarzen Boden. Bald aber bildet sich ein Sockel. Von da aus sausen, fliegen sie wie Wurfgeschosse. Vier Männer bugsieren die messerscharfen Platten in die Ecken. Danach beginnt die schwerste Arbeit, das Zerschlagen der Platten mit Schlegeln. Klein zerstoßen muß das Eis sein, dicht aufeinander liegen, wenig Luft dazwischen, festgestampft. Bald stehen die Männer mit ihren Jutebeinen in einem weißen Meer glitzernder Eiswürfel. Bis in die Küche pflanzt es sich fort, das dumpfe Dröhnen der Holzschlegel. Den Männern rinnt der Schweiß von der Stirn. Noch eine Halbe Bier, bevor die nächste Fuhre vor der Luke steht.

Der Vater, der alles dirigiert, kommt zwischendurch ins Haus und stöhnt. Er ist die wichtigste Person in diesem kurzen Drama. »Wir holen noch eine Fuhre«, sagt er zur Mutter, »wir kommen um zwölf. Schau, daß das Essen fertig ist.«

Die Männer, befreit von den Jutesäcken, kommen mit unbeholfenen Schritten in die warme Küche. In ihren Gesichtern ist die Anstrengung zu lesen, schwer sackt ihr Körper auf die Bank.

In großen Schüsseln wird das Essen aufgetragen.

Der Dampf steigt auf vom Sauerkraut, vernebelt die Gesichter und beschlägt erneut die Brille des Vaters. Die Surhaxen liegen aufgequollen auf den Fleischplatten. Das Kartoffelpüree, ein hoch aufgerichteter Berg, mit dem Schuppenmuster hin zur Spitze, von der Mutter mit dem Löffelrücken kunstvoll gestaltet. »Frau Kolbeck«, sagen die Männer, »Sie machen das beste Kartoffelpüree in ganz Painting.«

Viel wird nicht gesprochen. Er ißt sich gut, der weiche, sämige Brei mit der Butter darin, der Spur Muskat, zusammen mit dem Kraut, aus dem die Wacholderbeeren glänzen.

Mit den Tagen wachsen die Männer im Keller hinauf, hin zur Decke. In gebückter Haltung stehen sie auf dem Eis, ihr Raum wird immer kleiner. Zwei Männer haben jetzt noch Platz. Dann ist es nur noch einer, der die freien Stellen füllt, die letzte Handvoll Eis in diesem Winter in den Keller schiebt.

Außen wird die Luke mit Brettern verrammelt. Innen, zu den Kellerräumen hin, bleibt, solange es noch kalt ist, der Zugang zum Eisraum offen. Jetzt liegen Blut- und Leberwürste, Schweinehälften steifgefroren auf dem Eis. Die Mutter wird bei Bedarf ein Stück herunterhauen mit dem Beil.

März ist es, höchste Zeit, den Eisraum zu verschließen. Langsam, lautlos wird es schmelzen, verdunsten in der Dunkelheit, das stumme Eis.

Von jetzt an sind Drinnen und Draußen von großer Bedeutung. Laß die Tür nicht so lange auf, schreit die Mutter in der Sommerhitze jeden an, der sich versündigt.

Die äußere Tür zum ersten Raum, sie hält die Hitze

ab. Hier wird das Bier vorgekühlt. Dann kommt die Doppeltür zu einem Zwischenraum. Da steht das kalte Bier. Und dann der dritte Raum. Er ist für Butter, Rahm und Fleisch und extra kaltes Bier.

Zur Heu- und Getreideernte nehmen die Bauern das Bier mit auf das Feld. In Taschen, die mit Heu ausgelegt sind, bleibt es kühl.

»Gib mir ja a kalt's«, sagen die Frauen, wenn sie das Bier holen. »Schick dich, mir pressiert's. Fünf Halbe und drei Gracherl.« Das Mädchen hat keine Zeit, die Sandalen zu suchen. Im Vorraum ist es noch erträglich, im Zwischenraum aber packt sie die Kälte. Es zieht ihren Körper zusammen. Die Füße schmerzen auf dem kalten Boden, es ist kaum auszuhalten. Abwechselnd steht sie auf dem linken, auf dem rechten Fuß. Schnell die Flaschen in die Tasche gestopft. Hinaus in den Vorraum. Beim Schließen der Doppeltür fährt ihr ein letzter, eiskalter Lufthauch ins Gesicht. Im Vorraum empfängt sie warme Kühle. Dann geht sie durch die letzte Tür ins Freie. Die Hitze drückt sie an die Wand.

»Es sind die Nieren«, sagt der Arzt. »Das Kind hat Nierenentzündung, jetzt im Sommer.« Er schüttelt den Kopf.

»Das kommt davon, weil du immer barfuß in den Eiskeller gehst«, sagt die Mutter.

Ende September wird der Eisraum geöffnet. Das Mädchen schaut hinunter in die dunkle, dumpfe Leere. In der Mitte des Raumes ein heller Fleck, porös, mit schwarzen Tupfen. Die letzte Handvoll Eis.

Großvater zwängt ein letztes Scheit Wurzelholz in den kleinen Ofen. »Des gibt a Hitz.«

»Er zündet noch das Haus an«, sagt die Mutter, wenn sie den Ofen glühen sieht.

Das Mädchen ist seine Kumpanin, besonders im Winter. Er lockt es in sein warmes Schlafzimmer, wenn es draußen kracht vor Kälte, die Schlafzimmerfenster weiß und blind sind.

Sie liegen im Bett, schweigend schauen sie den tanzenden Ringen an der Decke zu. Dort huscht das Licht über den großen, dreieckigen Kopf des Huhnes, der Karpfen schwimmt von rechts nach links, und der Mann mit dem Korb auf dem Rücken geht jetzt im Dunkeln nach Hause.

»Erzähl mir a Gschicht.«

»I woaß koane.«

»Freile woaßt oane, die von den Hexen.«

»Da war amal a Wetterhex, a Malefizhex und a Schmalzhex...«

Die Hexen wohnen im Wald und besuchen sich ab und zu. Dann trinken sie Honigmet und essen Zauberkuchen. Sie lachen viel und werden übermütig. Bald aber streiten sie, wer die schönsten Blumen hat, und es fliegen die Fetzen. Die Hexen ziehen sich an den Haaren und schwingen ihre Besen...

Das Licht an der Decke tänzelt, wird schwächer, zuckt.

Die Stimme des Großvaters wird leiser und leiser. Das Mädchen hält sich an ihr fest, wenn es sich entfernt, wenn es zu seinen Geistern geht.

Heiligabend, zwei Uhr nachmittags. Die Wäsche, bretthart gefroren, hängt noch auf dem Dachboden, und die Stube ist auch noch nicht geputzt.

Aus der Gaststube schreit einer nach Bier. »Es ist wie verhext«, sagt die Mutter, »heute saufen sie wieder wie die Bürstenbinder, statt daß sie nach Haus gehen zu ihren Frauen und Kindern. An so einem Tag geht man doch nicht ins Wirtshaus.«

So viel ist noch zu tun. Das Mädchen hat Angst, daß die Mutter es nicht schafft, mit dem Putzen und Aufräumen. Um acht Uhr wird das Christkind erwartet.

Vater ist in den Wald gegangen. In den letzten Tagen war viel Schnee gefallen. Nasser, schwerer Schnee, der die jungen Bäume knickt.

Es dämmert schon, als die Kinder die Stube wieder betreten können. Seifenlaugengeruch hängt noch in den feuchten Dielen, als sie die Stühle an ihren Platz rücken.

Mutter eilt jetzt zwischen Gaststube und Bügelbrett hin und her, wo sie für Großvater und Vater ein weißes Hemd bügelt und für den Gabentisch eine Damastdecke. »Der Sepp wird heute wieder sitzenbleiben«, sagt sie düster und mehr zu sich selbst, während sie das Eisen vom Herd nimmt, mit dem angefeuchteten Finger die Hitze prüft.

Es ist bereits dunkel, als der Vater kommt. »Gott sei Dank hat es genügend Schnee«, meint er, reibt seine beschlagene Brille an der Gardine trocken, »sonst könnte das Christkind nicht mit dem Schlitten kommen. Es müßte alles zu Fuß machen, und das in ganz Painting.«

Der Schnee und das Bravsein waren das Hauptthema der letzten Wochen gewesen. Mancher Gast hatte sie damit geneckt, daß es zu Weihnachten wahrscheinlich nicht schneien würde und somit das Kommen des Christkindes gefährdet sei.

Wenn Zweifel sie überwältigten, klammerte sie sich an die Tatsache, daß die Briefe an das Christkind, am Schlafzimmerfenster der Eltern ausgelegt, regelmäßig abgeholt worden sind, ein Zeichen also, daß es eine Verbindung nach oben gab.

Aber bei dem Gedanken, was das Christkind an diesem Abend alles zu bewältigen hatte, war sie in ihrer Vorstellung bald an einem Punkt angelangt, wo es nicht mehr weiterging.

Das Mädchen ist unruhig. Die Unruhe hat schon am frühen Morgen begonnen und steigerte sich gegen Abend.

Die Stallarbeit scheint heute besonders lange zu dauern. Sie geht mehrmals den freigeschaufelten Weg vom Haus in den Stall, nachzuschauen, wie weit die Eltern sind. Ein besonders gutes Büschel Heu und glatte, runde Rüben für die Esel des Christkindes hat sie zusammen mit dem Vater schon ausgesucht und vor die Stalltür gelegt. Ihnen durfte man kein saures Heu vorlegen, das war klar. Kurz vor dem großen Ereignis würden sie sich im Stall aufhalten bei den Kühen, die an diesem Abend ebenso unruhig sind. Und von der Stalltür aus würde Vater vorsichtig hinausschauen, ob Heu und Rüben schon gefressen sind. Nach der Stallarbeit essen sie dann schnell eine Kleinigkeit, Schweinswürstel und Kraut gibt es erst nach der Bescherung. Das Schlafzimmer der Eltern wird zugesperrt, damit das Christkind den Baum behängen kann.

Die Mutter ist verschwunden. Sie zieht sich um, heißt es. Die Mädchen sind bereits im Sonntagskleid; aus alten Sachen genähten Kleidchen, mit Samtschleifen und weißen Krägelchen darauf.

Vater geht mit den Mädchen in die Gaststube. Sepp sitzt noch immer da. Alkohol hat den letzten Funken Vernunft verdrängt. Trotz guten Zuredens des Vaters ist er nicht zu bewegen, nach Hause zu gehen. Dumpfen Blickes sieht er dem hastigen Aufräumen zu.

Das Mädchen ist fest davon überzeugt: Solange dieser Mensch im Haus ist, würde sich das Christkind nicht hereintrauen, nicht durch das offene Schlafzimmerfenster schweben und den Baum behängen, die Geschenke verpacken. Vor allem die große Puppenstube, die ihr das Christkind im vorigen Jahr gebracht hat, sich jetzt in der Christkindlwerkstatt befindet, hofft sie heute wiederzubekommen. Mit reparierten und vielleicht neuen Möbeln darin, wie Vater vermutet.

Jetzt wäscht er Gläser, leert Aschenbecher, ordnet Bierdeckel. Endlich setzt er sich an den Tisch, zeigt ihnen Kunststücke mit Bierdeckeln und Karten. Das Mädchen beobachtet jede seiner Bewegungen, seinen Ausdruck im Gesicht.

Auch der Vater muß heute warten. Dennoch hat sie das Gefühl, daß er mehr weiß über das Christkind. Und sie fühlt auch, daß sich trotz der Bedenken, die sie hat, heute abend alles erfüllen wird.

Eines Tages wird es heißen: »Geh, so ein großes Mädchen schläft doch nicht mehr beim Großvater.« Wieder so ein vernebelter Satz, der nichts erklärt.

Lange hat es gedauert, bis sie sich vertreiben ließ aus der wärmenden Höhle. Jetzt dürfen andere bei ihm übernachten, der Schmidhuber Alois gelegentlich, und der Glovka Ernst einige Monate lang.

Ernst Glovka kam aus Schlesien, hatte noch keinen Platz gefunden in Bayern. Er besaß zwei Garnituren Malergewand und einen dunkelblauen Nadelstreifenanzug, zwei Sonntagshemden, etwas Unterwäsche, fünf Bücher, Wehrmachtsausgaben.

Sie wußte es deshalb, weil sein kleiner Koffer monatelang neben dem Bett in Großvaters Schlafzimmer stand.

Eines Tages kam er nach der Arbeit in die Gaststube, stellte den Koffer an der Garderobe ab, und um Mitternacht wußte er nicht, wohin er gehen sollte.

»Dann schlafen'S heut nacht bei uns«, hatte die Mutter gemeint. Sie hat schon immer gesagt, daß der Glovka Ernst ein armer Teufel ist und nicht weiß, wo er hingehört.

Aus einer Nacht sind Monate geworden. Und daß er dann doch gehen mußte, hatte er sich selbst zuzuschreiben.

Starker Firnis- und Leimgeruch ging von ihm aus, steckte für immer in seinen Lungen, seinem Atem.

Hatte es mit seinem Beruf zu tun, daß seine Gesichtshaut weiß, fast durchscheinend war? Knapp spannte sie sich über den knochigen Nasenrücken. Sein Mund lag kräftig rot im weißen, immer rasierten Gesicht, durch dessen Haut die Bartwurzeln schimmerten.

Mit glattgestreckter Hand strich er sich von Zeit zu Zeit an den Schläfen das feste, mit Silberfäden durchzogene, dunkle Haar zurück. Und während die anderen redeten, ließ er das Bier in seinen mageren, ausgehungerten Körper rinnen. Selbstverständlich mußte er später die erste Runde Schnaps mittrinken, die zweite, die dritte.

Seine großen, glaskugeligen Augen wurden wäßriger, der Blick starrer. Der Gang zur Toilette glich einem Gang auf einem Schiff bei hoher See, bis ihn dann im letzten Stadium der Alkohol hatte völlig erstarren lassen.

Steif saß er auf der Bank, den Blick geradeaus gerichtet. Aus seinen Hosenbeinen rann das Wasser unter den Tisch. Nachdem die Lache sich einen Weg gesucht hatte zwischen Tisch- und Stuhlbeinen hindurch, Protest aufkam, ließ er sich hinausführen.

Das gute Zureden der Mutter am nächsten Tag half nichts. Ihm das Bier einzuschränken, so nah an der Quelle, im Sog der Männergesellschaft, war aussichtslos. Alle Vorsätze und Entschuldigungen, bei Nüchternheit gefaßt und vorgetragen, werden noch am selben Abend davongeschwemmt.

Großvater weigerte sich eines Tages, ihn weiter in seinem Zimmer schlafen zu lassen.

Die Wirtsleute waren erleichtert, kamen sich zugleich auch schäbig dabei vor, als er mit seinem Koffer das Haus verließ.

»Die Fanni hat schon wieder blaue Augen.« Die Mutter seufzt, schüttelt nachdenklich den Kopf, als sie aus der Gaststube in die Küche kommt. »So ein grober Kerl. Ich verstehe nicht, warum sie sich das gefallen läßt.«

»Was läßt sie sich gefallen?« fragt das Kind.

»Ach«, sagt die Mutter nur und schweigt.

Das Kind beobachtet von jetzt an die Frau. Ihre Augen liegen im violetten Blau der Augenhöhle. Später wird sich dieses Blau verfärben, gelb und grün werden, scheußlich sich verlaufen. Es dauert lange, bis es endgültig verschwindet. Bald weiß das Kind, wie dieses Gesicht zustande kommt.

Manchmal hat die Frau auch den Arm in der Schlinge. »Hingfalln bin i«, sagt sie dann auf die Frage der anderen, und man merkt an ihrem traurigen Blick, daß es nicht wahr ist.

Und kaum ist alles vorbei, hat der Mann schon wieder seine Wut in ihr Gesicht geschlagen.

Der Mann und die Frau haben eine Kuh und zwei Ziegen, einige Flecken Felder. Das winzige Haus klebt am Straßenrand. Wenn bei Regen die Fuhrwerke vorbeifahren, sind die Fenster verspritzt, und im Sommer bedeckt ein Staubschleier die Scheiben. Dunkelrote Malven und blauer Rittersporn wachsen über die Dachrinne hinaus, darunter Ringelblumen. Auch sie sind, kaum, daß sie erblüht, schon grau vom Staub.

Die Frau geht als Taglöhnerin zu den Bauern, und am Sonntagnachmittag treibt sie die beiden Ziegen an den Feldrain, dahin, wo es gutes Futter gibt.

Sie hilft bei der Wäsche im Krankenhaus, kocht sie im Kessel, bürstet sie im Trog. Sie ist auch die Putzfrau und Gärtnerin des Arztes. Sie hat keinen Pfennig eigenes Geld.

Wenn sie an heißen Tagen das Bier für ihren Mann holt, nimmt sie, bevor sie auf die Straße tritt, heimlich einen Schluck aus dem Krug, wischt sich den Mund, eilt nach Hause, bevor der Schaum fällt.

Zwei Buben hat sie. Der ältere verläßt gleich nach der Schule das Haus, der zweite, groß und kräftig, stottert mit aufgerissenen Augen und wird von den Kindern verlacht. Bald muß auch er gehen.

Immer wieder hört der Nachbar die Frau schreien. Wenn es unerträglich wird für ihn, überwindet er sich: »Geh, sei doch nicht so grob zur Fanni. Sie hat dir nichts getan. Sie ist so eine fleißige Frau.«

Man kennt sie nur so: Blaue Flecken am Körper, die Füße schrundig, in ausgetretenen Sandalen. Barfuß, bis in den Spätherbst hinein. Dunkle, gekräuselte Stränge durchziehen ihre Waden.

Eines Tages ist sie tot. Unter einem eingefallenen Holzstoß hat er sie gefunden, heißt es.

Die Urlaubsvertretung des Arztes stellt den Leichenschein aus.

Jahre später, als der Arzt in Pension ist, kommt er wie immer in die Gaststube und trinkt seinen Kognak.

»Im Vertrauen«, sagt er zur Wirtin, »ich bin froh, daß ich damals in Urlaub war, als das mit der Fanni passiert ist.«

Märzensonne weckt den Duft in den Baumrinden, die gekräuselt neben glatten, weißen Baumstämmen liegen. Würzig dringt er aus dem frisch gespaltenen Holz, das noch feucht ist. Würzig riecht auch das Harz, das braune Flecken hinterläßt an Händen und Kleidung, wenn das Holz aufgeschichtet wird in langen Reihen.

Märzensonne macht das Kind süchtig nach dem Duft der Veilchen, die am Rande des Gartens aus dem

Moos wachsen. Das Kind sagt es niemandem, daß sie schon blühen, und nach dem Mittagessen schleicht es sich davon. Es legt sich auf den noch kalten Boden, das Gesicht im Moos, den Duft der Veilchen einzuatmen.

Märzensonne weicht auch die Erde auf im rückwärtigen Hof, die mit dem ersten Frost im Dezember in Wagenspuren erstarrt ist, tief und wulstig.

Weiche, klebrige Erde hängt an den Schuhen der Männer, wenn sie vom Pissoir zurückkommen in das Haus. Deshalb werden in den Frühjahrs- und Herbstmonaten Bretter vom Haus zum Pissoir gelegt.

Meistens gehen die Männer zu mehreren, sich unterhaltend und lachend, oder zu zweit, geheimnisvoll redend, übersehen das Kind, das im Hof spielt.

Dann stehen sie in diesem Quadrat mit dem Zementboden und dem schwarzen Anstrich ringsum, das keine Tür hat und im Sommer scharf riecht.

Das Kind sieht die schwarzen Rücken mit gespreizten Beinen stehen, es hallt ein wenig, wenn sie reden, und wie nach einer Weile einer nach dem anderen eine kurze, ruckartige Bewegung macht, leicht in die Knie geht.

Während sie sich umdrehen, knöpfen sie die Hose zu, und weiterdiskutierend balancieren sie auf den Brettern zurück in das Haus.

Eines Tages bat ein Mann das Kind, ihm den Weg aus dem Ort zu zeigen. Er war von einem Dorf, das es nur vom Hörensagen kannte, und betrunken war er, wie jeden Sonntag. Er schob sein Fahrrad mit starren, steifen Armen, und es gelang ihm nur mühsam, sich daran festzuhalten. Er schob es schwankend von einer Straßenseite zur anderen, blieb stehen, sah wieder das Mädchen an, und es dauerte lange, bis sie aus dem Dorf waren.

»Da geht's weiter«, sagte sie und deutete auf die Straße, die sich durch die Felder schlängelte, »einfach der Straße nach.«

»I kenn mi nimmer aus«, jammerte er, »i find nimmer hoam.« Sie ging noch ein Stück mit ihm. Dann aber, umgeben von Getreidefeldern bekam sie Angst, und sie beschloß umzukehren.

»Komm her, kriegst was von mir.« Er griff in seine Hosentasche und legte etwas Leichtes in ihre Hand. Er lächelte glasig, verzerrt. Sie sah auf ein Büschel gekräuselter Haare.

Erschrocken warf sie sie weg und rannte nach Hause.

»So, und jetzt liest uns die – Kolbeck – ihren Aufsatz vor.«

Das Mädchen schlägt die Heftseite auf, rückt sich und das Heft zurecht, beginnt. »Heuer war der Fasching besonders schön. Heuer bin ich als« – sie stockt, denn da, wo sie eine Lücke gelassen hat, hat der Lehrer ein Wort hineingeschrieben, das sie nicht kennt – »bin ich als« – sie liest vorsichtig und langsam – »bin ich als K, als Kowwboy gegangen.«

»Was ist denn ein ›Kowwboy‹?« äfft er sie nach. Sie weiß es nicht. Kein Kind weiß es.

»Was hast denn angehabt, erzähl.«

»Ich hab einen großen, schwarzen Hut aufgehabt, ein Halstuch, eine Weste mit Fransen, ein kariertes Hemd, lange Hosen, auch mit Fransen…«

»Und was noch?«

»Eine Pistole.«

»Von wem hast denn des Zeug überhaupt gehabt?«

»Von einem Hausierer, der Stoffe und sowas verkauft.«

»Ja, ja. Kolbeck. Maskiert gehen, aber nicht wissen, was man ist. Cowboy ist amerikanisch und wird anders gesprochen, als man es schreibt. Cow heißt Kuh und boy heißt Junge oder Bursche. Ein Cowboy reitet auf einem Pferd. Er hat ein langes Seil dabei, ein Lasso. Damit fängt er die Kühe ein. Ein Cowboy ist einer, der in Amerika auf die großen Rinderherden aufpaßt. Ein Kuhbursche also. Kolbeck, du warst ein Kuhbursche. Ein Hüatabua. Das hättest du auch nicht gedacht, was? Aber auf amerikanisch hört sich das halt viel, viel feiner an. Was warst du heuer im Fasching?«

»Ein Kauwwboy.«

Es schmerzt noch einige Tage nach, aber es tröstet sie, wenn die Männer noch einmal vom Fasching erzählen und sagen, wie schön es war.

Das Dekorieren von Gaststube und Kegelbahn hatte Tage gedauert und war nicht immer ein Vergnügen gewesen. Zuerst mußte sie mit dem Vater die Trommel des großen Sägemehlofens füllen, und bis er endlich Wärme spuckte, war sie halb erfroren. Mit steifen Fingern drehten sie Girlanden aus Kreppapier, schnitten Muster in Papierbahnen, ließen häßliche Wände verschwinden, bis die Räume nicht mehr zu erkennen waren. Wochenlang wandelte sie glücklich unter diesem Girlandenhimmel.

Sie durfte, mußte lange aufbleiben an diesem Faschingsabend, denn Gaststube und Kegelbahn waren brechend voll von maskierten Leuten. Der Vater hat alle Augenblick einen neuen Banzen angezapft, und sie wurde zwischen Küche und Gaststube hin- und hergeschickt. Schnäpse wurden tablettweise hinausgetragen, für die Frauen gab es Torten und Liköre, und der Duft von Bohnenkaffee gab ihr das Gefühl, daß es jetzt auch bei ihnen fein zuging.

Die Bedienungen, Handfläche und Arme mit Tellern bedeckt, schrien: »Soß, Soß«, als sie sich zwischen den Menschen hindurchschoben. Sie hat sich immer gewundert, denn es war gar keine Soß auf den Tellern, sondern nur Bratwürstel mit Kraut. Aber, dachte sie, das wird wohl ein Trick der Bedienungen sein. Sie sagen einfach »Soß«, damit die Leute schneller ausweichen, denn vor der Soß auf dem Gwand hatte jeder Angst.

Spät ist sie an diesem Abend zu Bett gegangen. Auf der Kommode lag das Faschingskostüm. So schön waren sie also angezogen in Amerika beim Kühehüten. Sie mußte auch Kühe hüten. Im Herbst, wenn es regnete und kalt war. Da hatte sie eine dicke Joppe an und Strümpfe, die kratzten. Statt eines langen Seils hatte sie eine Peitsche. Aber die nützte ihr wenig, weil die Kühe immer davonliefen.

Sie schlüpfte unter das dicke Federbett, drückte ihr Gesicht in das Kissen. Von der Gaststube herauf drang Musik, vermischt mit dem Lachen der Gäste. »Cowboy«, sagte sie leise, »ich war ein Cowboy.«

»Es waren zwei Königskinder, die hatten einander so lieb, sie konnten zusammen nicht kommen, das Wasser war viel zu tief.«

Wenn die Mutter das Lied mit ihr singt, hat sie ein anderes Gesicht, ist sie weit weg, wie in der Kirche beim Beten.

»Du brauchst gar net so angebm, schreien ihr die Nachbarskinder eines Tages im Streit zu, »dei Großvater hat sich auf'm Heuboden aufghängt, ällabätsch.«

Zehn Jahre ist sie alt, als sie dies hört. Wie damals die Mutter auf dem Kommunionbild. Die trägt am linken Arm über dem weißen Kleid ein breites Trauerband. Es hat das Kind immer berührt, daß die Mutter bei einem so großen Ereignis traurig sein mußte.

Mit dieser schrecklichen Nachricht rennt sie nach Hause, steht in der Küche keuchend vor der Mutter. »Ist es wahr, die Preißinger Kinder sagen, dein Vater hat sich... hat sich aufghängt?«

»Es stimmt nicht«, sagt sie langsam, leise, erstarrt. Sie dreht sich wieder dem Herd zu. Dann geht sie hinaus mit wäßrigen Augen.

»Sie hatten einander so lieb...« Der Bruder, der dem Vater so ähnlich war, hatte sie vor der eisigen Kälte der Mutter geschützt.

»Sie konnten zusammen nicht kommen...«

Auch der Bruder wird ihr nicht lange gehören, er stirbt vor Stalingrad. Sehnsucht und Schmerz werden sie nie mehr verlassen.

Vieh- und Getreidehändler, Heiratsschmuser, Musikanten, Hausierer, Bettler, Handwerker, Vertreter, »Gstudierte« aus dem Kloster, viele Menschen gehen ein und aus, bleiben sitzen, wollen reden, wollen unterhalten werden, brauchen Wärme, wollen trinken und sich amüsieren, wollen schweinigeln und wie kleine Buben sein, lassen sich mitreißen und trinken zuviel, kegeln, gewinnen, verlieren ihr Geld.

Keiner muß sein Bier allein in der Gaststube trinken, wenn er nicht will. So sitzen die Gäste in der Küche, schauen zu, wie der Nudelteig ausgerollt wird, der Pfannkuchenteig gerührt, die Knödel gedreht, das Blaukraut geschnitten wird. Wohl ist der Mutter nicht dabei, wenn man ihr so auf die Finger schaut, aber was bleibt ihr anderes übrig? Jeder Gast soll das bekommen, was er braucht. Sie kann nicht anders. Und so kommt manchmal schon bei Morgengrauen das Ungemach ins Haus.

Wie Dr. Wagner, Handwerksbursch.

Den Titel hatte er sich selbst gegeben. Er war geduldet als der Sonderling, der Narr, der arme Hund. Das Reparieren von Schuhen übte er aus in den kurzen Phasen des Nüchternseins, um wieder Geld für weitere Besäufnisse zu haben.

Der neue Durst vom letzten Rausch treibt ihn um fünf Uhr morgens in das Wirtshaus. Er weiß, wo eine Tür offen ist.

Die Wirtsleute schlafen noch. Er holt sich ein Bier und wartet fröstelnd in der Küche. Kein Holz unter dem Herd. Die Kinder haben gestern wieder nicht gespurt. Er holt sich einen Arm voll Holz, macht Feuer. Er sitzt am Herd, in seinen Mantel eingeschlungen, und wärmt sich. Ein ausgemergeltes, zusammengesoffenes Wrack.

Schon läutet es zur ersten Messe, die Wirtsleute liegen immer noch im Schlaf. »Herrgott, Sophie, Hans, steht auf, die Leute gehn schon in die Kirche.«

Die Kinder krabbeln aus den Betten, sind noch benommen. Schon wieder einer da.

»Zieht etwas an«, sagt Dr. Wagner, »es gehört sich nicht, daß kleine Mädchen ohne Unterhosen sind. Sophie, zieh den Kindern Schuhe an, sie erkälten sich sonst auf dem Steinboden!«

Der Malzkaffee bringt alle an den Tisch, auch ihn.

Sein rechter Daumen, breit und rund, der Schnupfdaumen. Die riesigen Nasenflügel, Scheunentore, hier werden große Mengen eingefahren. Der Stoppelbart durchsetzt mit schwarzen Krümeln.

Die Kinder ekelt's. Kann er nicht am Ofen sitzen bleiben?

Im weiten Mantel sitzt er da, den Kragen hochgeschlagen, das graue Haar fällt seitlich ins Gesicht. Die Sinne angespannt, verfolgt er die Familie, nimmt alles wahr.

Um acht Uhr hat er schon das vierte Bier. Er singt mit lauter Stimme, den Blick in die Ferne gerichtet. Er geht umher, die Hände auf dem Rücken, schimpft mit geballter Faust auf Hitler und auf Huren.

Die ehrenwerten Bürger. Sie treibt's mit dem, und der mit einer anderen. Dann rennen sie zur Kirche und fressen jeden Tag den Herrgott.

Er macht die Leute neugierig mit seinem Gerede, nie aber ist man sicher, was seiner Phantasie entspringt, was Wirklichkeit ist.

In diesem Zustand hatte er damals auch Hitler beleidigt, sie brachten ihn nach Dachau, darüber schweigt er noch immer.

Später dreht er seine Runde im Ort, säuft, bis er am Nachmittag zusammengebrochen irgendwo liegen bleibt. Im Sommer liegt er bei sengender Hitze im

Staub der Straße, im Winter findet man ihn im Schnee, Hände und Füße sind längst erfroren.

Im Armenhaus ist er ein ganz anderer. In seinem Zimmer sitzt er vor einem Berg schweißstinkender Schuhe, repariert sie für geringen Lohn. Ernst ist sein Blick, prüfend schaut er sein Gegenüber an. Kein Wort zuviel.

Wenigstens für einige Wochen will er im Winter die feuchte, zugige Bude verlassen, sein klammes Bett, mit den toten Federn darin. Dazu muß er im Spätherbst eine Straftat begehen. Beleidigen läßt sich von ihm längst keiner mehr. Holzdiebstahl, sogar unter Zeugen, ficht keinen mehr an.

So schleicht er sich bei Morgengrauen in die Kirche, hört sich im Beichtstuhl die Sünden einer Bäuerin an, und wie er danach mit verdrehten Augen andeutete, hatte er einiges dabei erfahren. Als er sie fragte, ob das alles sei, sagte sie: »Ja.« »Und was ist mit dem Holz, das du dem Huber gestohlen hast?« »Mein Gott, Herr Pfarrer«, schrie sie entsetzt, »Sie san ja allwissend!« Als er nach einer Weile den Beichtstuhl verließ, wurde er von der Bäuerin gesehen, die kniend ihre Sünden bereute.

Der Staatsanwalt in der Kreisstadt kannte ihn seit Jahren. Stilles Einvernehmen herrschte, sein warmer Platz im Gefängnis war gesichert.

Als er seine Entschädigung für Dachau bekommen hatte, warf er das Geld unter die Leute, befand er sich im Dauerrausch. Buttercremetorte, Sherry Brandy. Die Damen folgten ihm in Prozessionen.

Der Wagner Franz hat wieder alle freigehalten, erzählte man am nächsten Tag. Brotzeiten und Bier, Schnaps, soviel man wollte.

»Jetzt, wo er Geld hat«, sagte die Mutter, »trinkt er woanders. Und bei uns hat er immer noch Schulden.«

In dieser Zeit zeugte er auch ein Kind, er hing sehr an ihm. Aber die Mutter seines Kindes wollte von ihm nichts mehr wissen, als der Buttercremerausch vorbei war.

Wieder ohne Geld, kam er zurück ins Wirtshaus. Saß morgens am Herd, fröstelnd, konnte kein kleines Mädchen mit nackten Füßen auf dem Steinboden sehen.

»Gott schaut in dein Herz. Gott weiß alles, er weiß auch deine geheimsten Gedanken.« So steht es im Katechismus.

Wenn sie sich in die finsterste Höhle verkriechen würde, mit tausend Federbetten sich zudecken, sie könnte ihm nicht entkommen. Das Auge Gottes schwebt über ihr, schaut in ihr Herz. Ungeschützt ist das kleine, zarte Ich. Nirgendwohin kann es fliehen, ausgeliefert ist ihre Seele den Jägern, wie ein Reh auf weitem Feld.

Noch ein anderer will in ihr Herz schauen. Der Pater, der den Kommunionunterricht hält, ruft sie zu sich an das Pult. Ein stechender Blick fixiert das Kind. »Komm näher.« Mit Daumen und Zeigefinger zwirbelt er die feinen Haare an ihren Schläfen zu einem dünnen Strang, bis sich die Haut abhebt. Der Schmerz brennt scharf. Das Kind neigt zur Entlastung den Kopf nach vorne, hin zu ihm, es muß ganz nah an sein Gesicht. »Erzähl, was hast du heute nacht geträumt?« flüstert die Stimme suggestiv. Ihr fällt nichts ein, zu groß sind Schmerz und Verwirrung, die

Nähe seines Gesichtes erlaubt kaum zu atmen. »Ich habe nichts geträumt«, stößt es aus ihr hervor, sie reißt sich los und rennt zurück in die Bank.

Bald ist es soweit. Der Termin zur ersten Beichte rückt näher. »Du kommst doch zu mir zur Beichte?« Sie erschrickt. Muß sie ihm sagen, daß sie immer den Puderzucker vom Hefezopf leckt? Muß sie ihm sagen, daß sie einen Teil des gekochten Eidotters ißt, wenn sie für Küken und Gänse das Futter hackt, daß sie manchmal wie der Vater flucht, wenn die kleinen Ferkel wie Pfeile davonschießen, draußen im Garten, sich nicht mehr einfangen lassen, weil ihnen das hohe, kühle Gras besser gefällt als der nasse, finstere Stall? Sie schämt sich schon jetzt. Dann weiß er alles von ihr. Und das andere? Das, was man Unkeuschheit nennt. Keiner hat ihnen gesagt, was das Unkeusche ist, aber Sünden hat man auch da. Vielleicht ist es das, wovon die Erwachsenen reden, wenn sie diesen sonderbaren Blick haben.

An einem Samstagnachmittag warten fünfundzwanzig blasse Kinder in der kalten Kirche vor zwei Beichtstühlen. Sie nimmt ihren ganzen Mut zusammen. Sie geht nicht zu ihm. Sie beichtet bei einem alten Pater, von dem die Mutter sagt, daß er ein ganz Gutmütiger sei.

»Warum warst du nicht bei mir zur Beichte?« »Weil, weil bei Ihnen schon so viele Kinder waren«, sagt sie leise.

»Das nächste Mal kommst du aber zu mir!«

Halb acht Uhr morgens. Die ersten Kinder gehen schon zur Schule.

Sie hat Bauchweh. Jeden Tag hat sie Bauchweh um diese Zeit. Manchmal dauert es einen Vormittag lang.

Rechnen, die Stunde der Angst. Zeit, die nicht vergeht. Angst, daß die Stimme des Lehrers in sie hineinfährt: Kolbeck, an die Tafel!

Die weißen Zahlen an der Tafel, fremd bleiben sie ihr und bedrohlich. Manchmal verschwimmen sie auch bei den zynischen Bemerkungen des Lehrers, der mit kreidigen Fingern daneben steht, ungeduldig den Takt schlägt.

Ihre Zöpfe sind noch nicht geflochten, und die Mutter ist noch immer im Stall. Sie rennt zu ihr, bettelt verzweifelt: »Komm halt, komm!«

Noch einen Bauschen zarten Klee für die Kuh, die das Kalb hat, »ich komm ja schon«, und Stroh unter den Hintern der Ferkel, »die wollen auch nicht im Dreck liegen, hast dein Pausebrot fertig?«

»Ja, komm halt. Der Lehrer ist schon vorbeigegangen und der Berger Otto auch, du weißt doch, er ist immer der letzte.«

Der neue Lehrer ist ein scharfer Hund, er wird's den Burschen zeigen. Die Alten reiben sich die Hände.

Durch den Ort geht angespannt wie eine gebogene Stahlfeder mit rotem Kopf der Lehrer. Schaut nicht rechts noch links, vermeidet es zu grüßen.

Der Fußball ist seine große Leidenschaft. Der Tag nach einer Niederlage kann die Hölle für die Kinder sein.

Das Zeichen, daß er gut gelaunt ist: Die Zöpfe der Mädchen auf das Lineal wickeln und hochdrehen zum Haaransatz, noch höher, bis es schmerzt, so daß das Kind aufstehen und mitgehen muß, nach oben, wohin es gezogen wird, das liebt der Lehrer zwischen Rechnen und Diktat, ist zugleich Sympathiebeweis für jedes Kind: Er mag auch mich, je öfter, desto lieber, man ist der Mittelpunkt der Klasse. Die Kinder lächeln erst vereinzelt, jubeln, schreien. Schluß jetzt, brüllt er laut, Heft raus zum Diktat!

Den Buben geht's nicht anders. Er hängt sie, so zum Spaß, mit den Füßen an der Tafel auf und wartet. Es ist nicht auszuhalten, hinzuschau'n. Kann er sich halten oder nicht?

Der Lenz, der Sohn des Einödbauern: Mit vierzehn ist er schon ein alter Mann. Um vier Uhr morgens muß er auf das Feld, kommt ausgemergelt, ausgehungert in die Schule.

Hausaufgaben? Keine. Komm raus, Freundchen, wir zeigen dir's. Aufregung in der Klasse, Kribbeln, Freude. Jetzt geht's los. Der Vogl Lenz griagt wieda seine Tatzn.

Mit Schritten, als würde er in Furchen gehen, kommt er ans Pult. Bedächtig wird der Stock genommen, noch einmal überprüft, ob er auch taugt. Der Bub in Position gerückt, den Arm geradeaus, die Hand schön flach, so wollen wir's. Der Lehrer sammelt sich zum Ritual, mit hohem Bogen holt er aus, der Stock saust auf die Fingerspitzen. Der Junge zuckt. Bleib da, mein Freund, jetzt geht's erst richtig los. Die andere Hand! Fünf Schläge fauchen nieder. Das macht nach Adam Riese zehn.

Kein Atem geht, nicht auszuhalten diese Stille. Der helle Ton auf nackter Haut, man spürt es brennen, fühlt mit ihm.

Als Lenz sich umdreht, schwimmen seine Augen, wie blaue Blumen, die ertrunken sind. Mit schmerzverzerrtem Grinsen geht er zurück und schüttelt zur Entlastung seine Hände. Er legt sie zaghaft ineinander, öffnet sie, weiß nicht, wohin damit. Sein Kopf bewegt sich, wie ein Huhn, das am Ersticken ist. Die Lippen zucken, reden tonlos irgend etwas.

Der Vogl Lenz ist ganz allein. Kein Wort vom Vater an den Lehrer, nur Arbeit und am nächsten Tag den Stock.

Endlich Pause: Sehnsüchtige Augen zum Honigbrot der Sedlmeier Anni aus Oberdürsbach. Aus dem großporigen Sauerteigbrot tropft das süße Gold ins Pergamentpapier. Das Mädchen steht daneben. Der Finger zuckt, die Zunge drängt nach vorne, das Mädchen schluckt den leeren, üppigen Speichel hinunter.

Das Einödkind, das zwar einen weiten Schulweg, dafür aber immer ein riesiges Pausenbrot hat, ißt ungerührt weiter. Magnetisch haften die Blicke des Mädchens am Brot, an ihrem Mund. Spürt sie es nicht?

Die ganze Pause ist ausgefüllt mit dieser Folter.

Bald läutet die Glocke, das Brot ist nur noch in der Rundung vorhanden, jetzt – die Hoffnung verschwindet im Mund der Freundin.

Es folgen noch Erdkunde und Singen.

Dunkelrote Kirschenpaare. Der Vater holt sie vom Baum und hängt sie dem Mädchen an die Ohren.

Die Wiesen werden gemäht, und unter dem Dach schlüpfen die Spatzenjungen aus den Eiern.

Die Spatzen und die Füchse sind die Feinde der Bauern, denn die Spatzen fliegen in großen, dunklen

Wellen auf die Felder und picken den Weizen aus den Ähren, und die Füchse holen sich die Hühner vom Hof.

Er steigt die hohe Leiter hinauf, greift in die Nester unter den Sparren. Drei, vier nackte Vogelleiber klatschen auf den Zementboden. Die kleinen, mit dünner Haut überzogenen Körper zucken. Dunkle Adern durchziehen die runden Bäuche, große, gelbe Schnäbel schnappen nach Luft.

Denen werd ich helfen.

Noch während er hinuntersteigt, beginnt oben ein helles, schrilles Vogelgeschrei, ein wildes, verzweifeltes Flattern und Hüpfen. Tagelang dauert das schrille Klagen der Alten.

Die Füchse erwischt man leider nicht.

Der Vater bringt ihr vom Wald schöne Federn nach Hause. Eichelhäherfedern und Eulenfedern. Bewunderung und Staunen erfassen das Kind.

Hauchdünne Vogeleierschalen, türkisfarben gesprenkelt, legt er in ihre Hände. Schau, da war ein Vogel drin.

Ein andermal hält er ihr vom Wagen aus einen Strauß dicker, dunkelblauer Heidelbeeren entgegen. Sie haben noch den hellen Hauch der Unberührtheit.

Mit jeder dunklen Wolke, die am Himmel aufzog, hoffte sie auf die Erlösung. Auch wenn sich der Himmel schon tiefschwarz verfärbt hatte, gaben die Erwachsenen noch immer nicht auf. Als es dann unausweichlich war, war es meist schon zu spät. Die schweren Tropfen, die erst vereinzelt aufklatschten, dann immer schneller herunterprasselten, durchnäßten in wenigen Minuten Mensch und Tier bis auf die Haut. Das Wasser lief aus Kleidern und Schuhen, in den Augen brannte leicht der abgewaschene Schweiß. Der Regen tat gut auf dem heißen Körper, und als es im Trab nach Hause ging, zog feuchtwarmer Pferdegeruch am Wagen vorbei.

Zu Hause wurden schnell die Kleider gewechselt, die inzwischen naß und kalt auf der Haut klebten. Jetzt konnte man sogar eine warme Stube vertragen. Die Mutter machte im Küchenherd Feuer, und die Kinder schmierten sich Marmeladenbrote. Noch immer hingen ihre Haare in dunklen Strähnen in die frischen, sauberen Gesichter. Tiefstes Wohlbehagen stellte sich ein. Endlich mit der Puppe spielen können, Geschichten lesen, malen.

Aber kaum hatte sich das Kind eingelassen, war sie versunken in das Spiel, erinnerte die Mutter daran, daß es immer noch regnete, daß es sicher wieder reinregnen würde, oben, auf dem Dachboden. Sie suchte sämtliche Eimer, Wannen und Büchsen zusammen und befahl dem Kind, mitzugehen unters Dach.

Es stimmte, was sie sagte. Es tropfte nicht nur, stellenweise rann es sogar zwischen den Dachziegeln hindurch. Aber die Mutter begnügte sich nicht damit, das Wasser in den mitgebrachten Gefäßen aufzufangen. Sobald es in hohem, singendem Ton in das Blech tropfte, begannen sie feingeschnittene, linealbreite Holzspatel zwischen die alten Dachziegel zu schieben. Viele der Holzspatel waren morsch und mürbe, hatten sich grauschwarz verfärbt, waren durchlässig geworden. Es bedurfte geschickter, erfahrener Hände, sie auszuwechseln, ohne eine Dachziegel aus ihrer seichten Nasenverankerung zu heben. Passierte es dennoch, raste sie mit raschem Tempo das Dach hinunter und blieb als kleiner, dunkler Scherbenhaufen liegen.

Nach einigen Stunden anstrengender Arbeit, schwarz im Gesicht, Spinnweben überall, gingen sie nach unten.

»Jetzt ist viel g'schehn«, sagte die Mutter zufrieden. »Aber es is ja nix, im Vergleich dazu, was noch gemacht werden müßte.«

So waren die Nachmittagsstunden vergangen, und es war Zeit, mit der Stallarbeit zu beginnen.

Vater und Großvater hatten sich, während die anderen noch in der Küche saßen, davongeschlichen, ins Bett.

»Jaa, jaa«, antwortete der Vater mit abwesender, langgedehnter Stimme, als hätte man ihn aus tiefster Ohnmacht zurückgeholt, als die Mutter ihn weckte. »Der Wetterwechsel hat mich ganz kaputt gemacht«, sagte er, »du kannst dir nicht vorstellen, wie!«

Das Skizzenbuch war der sichtbare Beweis, daß er Flausen im Kopf hatte.

Sie mußte zugeben: Die Zeichnungen darin waren schön.

Die Mutter rang sich das Kopfnicken ab, als er zu ihr, die hinter ihm stand, auffordernd hochsah.

Dennoch: Der soll sich um das Vieh kümmern, um das Anwesen, das ist gescheiter.

Das Skizzenbuch lag zusammen mit dem Einnahmen-Ausgabenbuch in der Tischschublade in der Stube.

Manchmal floh das Kind mit dem Buch hinter die Kegelbahn auf die Südseite, wo es warm war, saß auf einem Bretterstapel zwischen Steinen und Brennessel und stellte sich tot. Es antwortete nicht auf die Rufe der Mutter, die anfangs noch fragend waren, dann leicht drohend, später resigniert aufgaben. Es verfiel auch nicht dem lockenden Ton.

Das Mädchen blätterte in dem Buch mit dem verblaßten, orangeroten Deckel, den aufgebogenen Ekken, die dunkel waren vom Blättern. Es suchte die Entenpaare, die Hühner und Gänse, den Hahn mit den prächtigen Federn. Blaugrünviolett schimmerten die Hälse der Entenmännchen und ihre Schwanzfedern, wenn man das Blatt leicht bewegte.

Samten waren die Nüstern der Pferde, ernst und düster die Eichenbäume, mit Bleistift gezeichnet.

Die Porträts der Männer mit ihren Schnapsnasen und bunten Krawatten um den Hals waren wie Fasching.

Im Winter holte der Vater das Buch hervor, und er erklärte dem Kind, wie er die violettblauen Hälse der Entenmännchen zustande brachte, wie er mit feingespitzten Malstiften die Farbschichten auftrug und wie durch häufige Übermalung Rundung und Schimmer entstanden.

Die orangegelben Füße einer Gans. Manchmal schaute die Mutter über die Schulter, und sie mußte neidvoll zugeben, daß das Gezeichnete bis ins Detail der Wirklichkeit entsprach.

Auf dem etwas rauhen Papier mit Bleistift gezeichnet, Bauernhöfe mit Bäumen ringsum. Gehöft, stand darunter. Auch so ein Wort, das der Mutter Unbehagen bereitete. Sie muß es als überstiegenes, seiner

Phantasie entsprungenes Wort empfunden haben, das sie ebenso haßte wie die Geste, mit der er ein trabendes Pferd darstellte: zwei Fäuste, die mit ausgestreckten Armen abwechselnd nach vorne gingen und sich dort nach unten abbogen.

Gehöft, sagte sie jedesmal, trocken. Spott war nicht zu überhören. Es heißt so, sagte er jedesmal, ernst, ehrfürchtig.

Landschaften, knorrige Eichen, Hühner, Gänse, Enten waren ja noch akzeptabel. Nicht aber die Karikaturen, die er als einziger liebte und zu verstehen schien. Alles an diesen Köpfen war extrem: die Nasen, die Ohren, die Augen. An hervorquellenden Adamsäpfeln hingen grelle Krawatten, mit ungewöhnlichen Mustern.

Die Mutter schüttelte angeekelt den Kopf. Unnatürlich waren diese Gesichter, und häßliche Männer hatte sie täglich um sich.

Unnatürlich empfand sie auch die roten Lippen der alten Frau auf Wilhelm Leibls Bild: Drei Frauen in der Dorfkirche, das auf einem Kalender abgebildet war. Jedesmal konnte sie sich neu erregen über das Rot im faltigen Gesicht der alten Frau.

Das Skizzenbuch war auch der sichtbare Beweis seiner zeichnerischen Begabung. Eine Begabung, die ein Makel war, wie ein Geschwür, das ab und zu aufbrach und das man am besten ignorierte.

Mit den Jahren holte er immer seltener das Skizzenbuch hervor. Nur manchmal, wenn Besuch aus der Stadt im Haus war, fragte er nach dem Buch, das längst nicht mehr seinen sicheren Platz in der Schublade hatte.

»Weißt du, wo mein Skizzenbuch ist«, fragte er

seine Frau. Sie wußte es meistens, wo dieses gehaßte Buch lag, und brachte es ihm.

Dann lag es im Regal unter den abgetragenen Schuhen im Waschhaus, in dem der Waschkessel stand und der Kartoffeldämpfer. Der Weg zum Feuer war nicht weit.

Irgendwann war das Skizzenbuch nicht mehr auffindbar.

Noch nach Jahren wich die Mutter den Blicken des Vaters aus, wenn er nach seinem Skizzenbuch fragte.

Wenn das Kind wieder einmal am Verhungern war, wurde es krank. Nicht an Essen mangelte es dem Kind, es sehnte sich nach dieser einen, ganz besonderen Speise.

Kranksein war schön. Sie mußte nicht zur Schule, tagsüber durfte sie im Bett der Eltern schlafen und manchmal auch noch nachts.

Die ersten Tage freilich, als sie fieberte und nicht schlucken konnte, der Schmerz in den Nieren fast unerträglich war, mußten überstanden werden.

Mit jedem Tag aber wurde es besser, und als sie endlich das essen konnte, was die Mutter eigens für sie zubereitet hatte, war sie sehr glücklich.

Jetzt durfte sie wählen zwischen Grießbrei mit Zimt und Zucker, Ei wachsweich, Pfannkuchen mit Kompott.

Sie mußte Geduld haben. Der Nachmittag zog sich quälend dahin, und am Abend dauerte es lange, bis sie an die Reihe kam.

Nach der Arbeit auf dem Feld bekamen zuerst die Tagelöhner ihr Abendessen, dann nahm die Stallarbeit geraume Zeit in Anspruch, und bevor diese ganz erledigt war, kamen schon die ersten Stammgäste und tranken ihr Bier in der Küche.

Vom Schlafzimmer der Eltern aus, das ebenerdig lag, konnte sie bei angelehnter Tür mitverfolgen, was im Haus vor sich ging. Im dunklen Zimmer lag sie regungslos und lauschte angespannt. Gespräche, die in Wortfetzen zu ihr kamen, wurden weiterphantasiert, Stimmen zugeordnet.

Manchmal schien es, als hätte die Mutter sie vergessen. Dann rief sie nach ihr. Sie wartete. Nichts. Gegen die Stimmen und Geräusche in Küche und Flur kam ihre schwache Stimme nicht an. Sie klopfte mehrmals an die etwas aufgeworfene, hohle Stelle an der Wand zur Küche. Nichts. Verzweifelt lief sie im Nachthemd zur Küche und öffnete die Tür einen winzigen Spalt, um die Mutter zu erspähen. Diese gab ihr dann ein Zeichen, und das Mädchen lief auf Zehenspitzen den kalten Pflasterboden zurück in das fade, verbrauchte Bett, das langersehnte Essen erwartend.

Die Nachmittage waren lang. Meistens ging auch die Mutter mit aufs Feld, das Haus wurde zugesperrt. Das Kind brauchte keine Angst zu haben, alles war verschlossen. Dennoch erschrak sie jedesmal, saß regungslos in ihrem Bett, wenn jemand an der Haustür klopfte, ungeduldig und verärgert mehrere Male die große Messingklinke runterdrückte, enttäuscht murmelnd sich wieder entfernte.

Am leicht geöffneten Schlafzimmerfenster, das zur Sonnenseite hin lag, zog der Hahn mit seinen Hühnern vorbei, die zufrieden vor sich hinsangen. Ihr friedlicher Singsang wurde von Zeit zu Zeit durch das aufgeregte Locken ihres Begleiters unterbrochen, wenn er ihnen einen Wurm zum Fressen anbot.

Im Laub des großen Eichenbaumes säuselte der Wind. Das war beruhigend und vertraut.

Dann war es besonders schön, das große, schwere Buch auf die angewinkelten Beine zu legen und darin zu blättern. Es war ein Band gebundener Bistumsblätter, groß, wie eine richtige Zeitung. Die Mutter hatte dieses Buch von den Tanten geschenkt bekommen.

Zunächst »las« das Mädchen die Bilder der Reklame. Sobald es einige Buchstaben gelernt hatte, ging es rasch weiter. Die Waschfrauen von Persil hatten statt eines Kopfes ein rundes Zwei-Pfennig-Stück, das war lustig, und eine blonde Frau hielt einen Guglhupf in ihrer Hand. Dr. Oetkers Backpulver, stand darunter. Auch Todesanzeigen las das Mädchen gerne.

Fotos von den Ereignissen der Diözese: ehrwürdige Brüder und Schwestern, fünfzig Jahre Priester, fünfzig Jahre im Weinberg des Herrn. Priesterweihe und Primiz, ein Dorf erwartet seinen Primizianten. Aus einem Frauenkloster die Einkleidung von zwanzig Novizinnen. Fronleichnamsprozession auf dem Chiemsee, die lange Kerze von Bogen im Bayerischen Wald.

Wenn sie genug hatte von dieser frommen, geistlichen Welt und das schwere Buch ihre Knie auf das Bett drückte, legte sie sich erschöpft zurück und schlief ein Weilchen.

Meist holte sie danach ein anderes Buch hervor, das in ihren Augen sehr viel kostbarer war, weil es der Mutter gehörte und außerdem sehr schön war.

Das Buch hatte keinen Deckel mehr, es fehlten auch die ersten Seiten, und jedesmal, wenn sie es zur Hand nahm, bedauerte sie diese Unvollständigkeit. Trotz dieses kleinen Mangels war es neben dem Lesebuch ihr Lieblingsbuch. Es handelte vom Essen und hatte vor allem schöne Bilder. Feine, unbekannte Speisen waren auf Hochglanz abgebildet: Huhn dressiert, Forelle und Barben, Hecht gefüllt, Zanderfilet in Weißweinsoße. Auf Zeichnungen waren die Körper der Tiere in Felder eingeteilt. Brust, Schulter, Schlegel, mit Nummern versehen. Ob man das mit ihren Tieren, die im Stall standen, auch so machte?

Vom Fleisch ging es zu den Beilagen. Maiskölbchen und Kastanienpüree, grüne Bohnen in Bündeln auf Silberplatten angerichtet, Spargelgemüse und Artischockenböden, noch nie gehörte Sachen. Kartoffel wie Schusser, klein und ebenmäßig. Was ihr aber besonders gefiel: aus Kartoffelpüree gespritzte Röschen.

Der Backteil interessierte sie am meisten, besonders die Plätzchen: Nußhäufchen und Mandelmakronen, Spitzbuben, Springerle, Spekulatius, Lebkuchen mit Nüssen.

Das Mädchen las die Rezepte. Das meiste klang kompliziert, aber es gab auch einfache Rezepte, von denen sie sich wünschte, daß die Mutter sie nachmachte. Sie kreuzte mit Bleistift an. Dies wollte sie und das. Manchmal schrieb sie auch dahinter: werden gemacht. So konnte man noch Jahrzehnte später im Kochbuch lesen: Spitzbuben: werden gemacht.

Meist gab es noch eine weitere Abwechslung an

diesen einsamen Nachmittagen: die Nachbarskinder, die Schulfreunde.

Sie kamen ans Fenster, die Köpfe zwischen die Gitterstäbe gepreßt, erzählten kurz von der Schule.

Das fremde Schlafzimmer aber interessierte die Kinder weit mehr, und sie mußte ihnen immer wieder etwas anderes zeigen.

In der Ecke am Fenster stand ein Geldschrank, den Tante Fränzi in den letzten Kriegsjahren von der Stadt auf das Land hatte bringen lassen. Der untere Teil war ein Kasten aus schwarz lackiertem Holz, darauf saß ein gleich großer Panzerschrank.

»Zeig uns den Schrank!« Das Mädchen stand auf, ging barfuß im Nachthemd zum Schrank. Sie zog eine Schublade der danebenstehenden Kommode heraus, stieg mit einem Fuß darauf und schwang sich, mit dem anderen Bein dem Körper einen Schwung gebend, hinauf zum oberen Rand des Schrankes. Sie schnappte im Flug den Schlüssel, der in einer Versenkung lag, und hüpfte im selben Zug nach unten.

Sie stand vor dem Schrank, den Kindern zugewandt. Das ist der Schlüssel! Wie ein Zauberer, der seinem Publikum die Requisiten zeigt, hielt sie den Kindern den Schlüssel vor die Augen. Er war kurz und hatte so viele Zacken wie fünf andere Schlüssel zusammen. Kann jemand das Schloß sehen? Nein! Kein Mensch weiß es, auch kein Einbrecher! Mit einer langsamen Bewegung schob sie die Messingrosette beiseite, die auf der Tür saß. Ein Schlüsselloch kam zum Vorschein. Der Schlüssel wurde hineingeschoben und umgedreht. Dann bewegte sie den weiter unten gelegenen Griff, der geschwungen in ihrer Hand lag, nach rechts. Man konnte hören, wie sich im Innern Schweres bewegte. Dann zog sie mit beiden Händen und der ganzen Kraft ihres Körpers die dicke, schwere Stahltür nach außen. Die Kinder, die angespannt die Zeremonie verfolgt hatten, atmeten auf. Die Innenseite dieser gewaltigen Tür war mit rotgolden verschnörkelten Schriftzügen übersät, dazwischen traubenförmig die Abbildungen von Medaillen. An der Schmalseite der offenen Tür konnte man das gewaltige und komplizierte Schloß bewundern.

Selbst immer wieder fasziniert, demonstrierte das Mädchen, wie das Schloß funktionierte: Stahlzungen ließen sich einfach und doppelt herausholen, Kolben kamen zum Vorschein.

Stumm sahen die Kinder zu. Dann forderten sie: Mach dies, mach das. Sie staunten.

Im Geldschrank war nicht viel. Eine Versicherungspolice, Kataster, Urkunden. Erwachsenenzeug. Was die Kinder aber mehr interessierte, war eine Schmuckschatulle, mit rosafarbener Seide bespannt und mit feinen Pinselstrichen gemalte Lilien darauf.

Sie gehörte der Mutter, und wenn das Mädchen allein war, nahm es die Schatulle heraus und betrachtete die goldenen Ringe und Kettchen darin.

»Zeig her«, forderten die Kinder forsch und streckten die Hände durch die Gitterstäbe, ließen die Kettchen durch die Finger gleiten. Als sie alles bewundert hatten, kam der Abschluß des Spiels und für sie zugleich das Schönste: das langsame Zufallen der schweren Tür ins Schloß. Pfft, machte es, und ein schwerer, parfümgetränkter Luftdruck wehte ihr ins Gesicht. Es war ein feiner, ein städtischer Geruch. Duft von Frauen im Pelz, wie Tante Fränzi eine war, der der Geldschrank noch immer gehörte.

Und das Mädchen, süchtig nach diesem Duft, machte deshalb die Tür geduldig auf und zu, als die Kinder wiederholt darum baten. Sie hörten nur das fast lautlose Gleiten der Tür und das tonlose Pfft, mit dem sie ins Schloß fiel. Das Mädchen aber spürte jedesmal das süße Parfüm, das es gierig einsog und das sein Geheimnis blieb.

Mutter. Der eine, der am Sonntagabend nach der Stallarbeit zu ihnen auf den Hof kam und Mundharmonika spielte, den konnte sie sich als Mann nicht vorstellen.

Und der andere? So ganz anders war er, auch wenn ihr manches an ihm gefiel.

Als sie zögerte, sein Werben erfolglos blieb, riskierte er alles: »Wenn du mich nicht heiratest, erschieße ich mich.« Er zeigte ihr die Pistole.

Sie entschloß sich für ihn, hoffend, daß es gutgehen würde.

Sie brachte ihr Erbteil mit, das aus Bargeld, Aussteuer und Feldern bestand, ebenso ihre Zähigkeit und Ausdauer bei der Arbeit. Genug für das kleine Anwesen, zu dem eine Gastwirtschaft gehörte.

Im ersten Jahr, als das gesamte Vieh an der Seuche einging, hätte von ihrem mitgebrachten Geld neues Vieh gekauft werden können. Aber Geld war keines mehr da. Es waren die Bierschulden bezahlt worden, die man ihr verschwiegen hatte. Von ihr erwartete man, daß sie auf dem Feld genauso tüchtig arbeitete wie im Haus, nebenbei auch noch eine gute Wirtin war.

Der Eingeheirateten standen eine mißmutige

Schwiegermutter und drei weitere Familienmitglieder gegenüber, die sich in einer Sache sicher waren: die Arbeit durfte nicht alles sein. War es nicht die Pflicht des Wirtes, dem Gast mit einem Bier Gesellschaft zu leisten, bei Regen die Arbeit abzubrechen, in die Gaststube zu flüchten, es den anderen gleichzutun?

Auch die Schwester ihres Mannes, die über die Straße wohnte, blieb bei ihrer Gewohnheit, alles, was sie zum Leben brauchte, aus dem Anwesen zu ziehen.

Sechs Hände hätte die junge Frau gebraucht, die Flut der Verschwendung einzudämmen. Die Flut, die das täglich mühsam Erarbeitete mit sich riß. Verließ sie aber das Haus, holte die Schwägerin den Weizen vom Dachboden, die Butter, den Rahm, die Eier, das Fleisch aus der Speisekammer.

»Sei nicht so empfindlich«, wies die Schwiegermutter die Eingeheiratete zurück, als sie sich beklagte, daß der Sohn der Schwägerin mit der Gabel Linien in die Küchenmöbel ritzte. In die Möbel, die sie zur Hochzeit bekommen hatte.

Früh schon erfährt das Mädchen von all diesen Dingen, und aus Solidarität zur Mutter beobachtet sie die Tante, die an den Nachmittagen die Abwesenheit der Mutter für sich nutzt. Diese Tante, die Schwester des Vaters, ist immer gut aufgelegt und nicht so ernst wie die Mutter. Sie bäckt Torten und Schaumrollen, auch Eis kann sie machen, und schöne, neue Kleider hat sie auch immer.

Später meinte der Vater: »Mit Handel läßt sich leicht Geld verdienen.« Er kaufte für einen Großhändler Weizen auf, lagerte ihn und wog ihn aus.

Das Kind half ihm beim Zubinden der Säcke. Sie hielt den oberen Teil des Sackes, den der Vater mit seinen Händen geschickt zu einer Krause zusammenschob, den Bindfaden darum schlang, ihn fest verknotete. Sie liebte diese Hände, die kräftig waren, aber nicht grob, die braun waren und selten rauh.

Das Geschäft verlangte, daß er abends unterwegs war, bei Bauern und in Gasthöfen, Getreide aufkaufen. Noch während der Stallarbeit verschwand er auf seinem Motorrad, ließ Frau und Vater die Arbeit machen. Meist war es schon dunkel, wenn er kam. Die Mutter stand dann noch in der Küche und wusch das Geschirr, bediente die Gäste.

Ihr waren die Worte gestockt, Enttäuschung hatte sich eingegraben. Er fing an, sich wichtig zu machen mit seiner Arbeit und den Neuigkeiten, die er gehört hatte. Noch wehrte sie sich dagegen, zu groß war die Enttäuschung, daß er sie wieder im Stich gelassen hatte. Dann aber konnte sie seinem Reden nicht widerstehen, und, den Spüllappen in der Hand, drehte sie sich zu ihm. Wenn es ganz spannend wurde, setzte sie sich knapp auf den Stuhl, vergaß sich und hörte ihm zu.

Das mit dem Getreide ging zu Ende, jetzt verkaufte er Sand aus der Kiesgrube im Wald. Dazu brauchte er Männer, die mit Stangen den Kies vom Hang lösten und ihn aufluden auf Lastwagen. Jetzt war er auch tagsüber weg.

»Mit ihr kannst nichts machen. Sie ist kein geselliger Mensch«, klagte er manchmal über sie.

Aber war sie nicht eine leidenschaftliche Tänzerin, und genügten nicht schon einige Takte Musik, sie zu verwandeln? Das Kind freute sich, die Mutter so glücklich zu sehen, wenn einer der Männer die Mundharmonika aus der Tasche zog, einen Zwiefachen spielte, oder später dann auf dem Akkordeon einen Walzer, wenn man die Mutter wegriß von der Arbeit und sie zuerst etwas schüchtern und verschämt lächelnd einwilligte zum Tanz, danach erschöpft, aber glücklich auf den nächsten Stuhl sank.

Großvater. Lange Zeit hatte sie Vater zu ihm gesagt. Großvater konnte schnell einen Vers dichten, sie zum Lachen bringen. Immer wieder mußte er ihr seine Jugendstreiche erzählen, und die Geschichte vom Zahnziehen gefiel ihr am besten.

Einmal hatte ihm der Bader einen Zahn ziehen müssen. Lange hatte die Prozedur gedauert, und als der Zahn endlich raus war, stürmte der Großvater davon, durch den schönen Garten des Baders. »Halt, Hans«, schrie ihm der Bader nach, schwenkte den Hut, »Du hast Dein' Hut vergessen.«

»Leck mich am A...«, hatte der Großvater geantwortet und war weiter gerannt. »I hab koan Kopf mehr, was brauch i an Huat.« Das gefiel ihr, und sie konnte ihn gut verstehen.

Sein freundliches, gütiges Gesicht ist am Sonntagabend nach dem vielen Bier leicht gerötet, und dann sieht er aus wie ein kleines Kind, dem es gut geht.

»Er trinkt zu viel Bier und Schnaps, und raucht zuviel Virginier«, sagt die Mutter. Auch das Stück Fleisch, das sie ihm auf den Teller legt, kann nicht groß genug sein.

»Wenn ich ein Vöglein wär,
und auch zwei Flüglein hätt,
flög ich zu dir.
Weil's aber nicht kann sein,
weil's aber nicht kann sein,
bleib ich allhier.«

Wenn das Kind müde ist von der Arbeit, keine Lust mehr hat, oder auch keine Ausdauer mehr, wenn sie auf der Ackerfurche hockt und mit Erdklumpen wirft, singt er ihr dieses Lied. Er hat dabei einen verschmitzten Blick, und er hofft, sie damit rauszulocken aus der Verstimmung.

Meist aber wird sie dadurch nur noch verzweifelter, wütender.

»Komm, Ev«, sagt er dann, »des ham wir doch gleich. Nur noch fünf Reihen«, oder »Nur noch a paar Arm voll Mais, dann fahrn ma hoam.«

Wenn auch das nichts hilft, singt er ein anderes Lied.

»Du, du, liegst mir im Herzen,
du, du, liegst mir im Sinn.
Du, du, machst mir viel Schmerzen,
weißt nicht, wie gut ich dir bin.«

Dann kann sie nicht anders, als aufzustehen und weiterzuarbeiten. Schließlich kann sie ihn nicht alleine lassen mit der Arbeit, die man ihnen beiden aufgetragen hat.

Und eines Tages auf dem Feld sieht sie, wie es ihm schwerfällt, vom Knien auf dem Boden aufzustehen. Sie erschrickt und merkt zum ersten Mal: Der Großvater ist alt.

Eines Tages im Herbst kauft er junge Zwetschgenbäume. Die Eltern wundern sich. Er hebt im Garten Pflanzlöcher aus, und das Mädchen muß ihm beim Pflanzen helfen. Sie schwemmen die Bäumchen ein und treten mit den Füßen die Erde fest.

»Sieben«, sagt sie, »warum gerade sieben?«

»Weil des a schöne Zahl is.«

Dann überblicken sie die Reihe, und er sagt mehr zu sich selbst: »Daß sie tragen, das werd ich nimmer erleben.«

»Aber Großvater, freilich erlebst du das noch.«

Sie sagt es, obwohl sie leichte Zweifel spürt. Sie erinnert sich, wie schwer es ihm gefallen war, vom Knien aufzustehen.

Zahnschmerzen. Man biß auf Nelken, vermied es, auf Federkissen zu schlafen, Robuste streuten sich auch Salz in den Zahn, drehten sich danach wimmernd im Kreis.

Andere griffen verzweifelt zu Gewaltkuren, wie der Großvater im Ersten Weltkrieg, in Frankreich. Seit Tagen hatten ihn Zahnschmerzen geplagt. Um Mitternacht war es nicht mehr auszuhalten gewesen. Im fremden Haus fand er ein Fläschchen, aber nur den Totenkopf darauf konnte er lesen. Schlimmer kann es nicht werden, sagte er sich, und träufelte davon etwas in seinen Zahn. »Ich dachte, es zerreißt mir den Schädel«, erzählte er später. Er raste vor Schmerzen. Nach Stunden war alles vorbei, der Zahn war in Stücke zerfallen.

Nach dem Krieg gab es auch einen Zahnarzt im Ort. »Dentist« stand auf dem Emailleschild am Zaun. Es klang weich. Weicher und feiner als Zahnarzt. Vielleicht gab es bei ihm keine Schmerzen?

Sommer war es, und die Eltern schickten das Kind zu ihm in die Praxis, allein.

Endlich wurde es hineingerufen in das weiße, nach Medizin riechende Zimmer. Winzig war es auf dem Monster von Stuhl.

Der Zahnarzt schaute in den Mund und meinte: »O mei, Kindle, des wird a schwere Geburt werde.«

»Dann laß mas lieber«, sagte das Kind, rutschte, die nackten Beine auf dem kühlen Ledersessel, hinunter und verschwand.

Für längere Zeit ging es nicht mehr zum Zahnarzt.

Bald gab es Schmerztabletten, ein Pulver in einer Kapsel aus dünner Oblate. Sie war groß und rund und schwierig zu schlucken. Man mußte sich beeilen, damit nichts von dem Pulver durch die aufgeweichte Oblate auf die Zunge kam, es schmeckte so bitter. Alle schmerzgeplagten Menschen aßen diese Kapseln.

Auch in den Backenzähnen des Mädchens hatte sich die Zerstörung eingenistet, fraß sich weiter und mit ihr auch die Schmerzen.

An einem Sonntag hatte sie schon beim Frühstück die zweite Tablette genommen. Ausgerechnet heute mußte sie diese Zahnschmerzen bekommen, wo sie doch mit den anderen Mädchen zur Seligsprechung des kleinen Bernhard fahren wollte.

Der Bub, der bei einem Luftangriff auf Regensburg umgekommen war, hatte seit seinem Tod die Bitten verzweifelter Menschen weitergeleitet zu Gott, und sie waren erhört worden.

Immer das Bild des kleinen Buben vor Augen, der aus einem runden, breiten Gesicht lächelte, fieberten die Mädchen auf das Ereignis hin, als würde er noch einmal lebendig werden und sie ihm dort begegnen.

Es war noch kühl, als die Mädchengruppe losfuhr, aufgeregt schnatternd. Einige Buben hatten sich angeschlossen.

Auf der geraden Landstraße mußte sie sich anstrengen, den anderen zu folgen, und kaum hatte sie sie eingeholt, sprang die Fahrradkette raus. Die Buben reparierten es schnell.

Auf holprigem Weg zeigte das Rad, das sie geliehen hatte, seine wahre Tücke, den Leerlauf. Zwei, drei Mal hintereinander trat sie ohne Widerstand, dabei prallten ihre Knie an die Stange.

Der Abstand zu den anderen vergrößerte sich, und je mehr sie sich anstrengte, schneller zu fahren, desto öfter kam der Leerlauf. Und weil der Sitz viel zu hoch für sie war und sie deshalb meist stehend fuhr, kam es, daß sie schließlich die Balance verlor und stürzte.

Aus den staubbedeckten Abschürfungen sickerte das Blut.

»Fahrt nur weiter«, sagte sie zu den anderen, »ich komm nach.«

Ungeduldig waren sie geworden. Die Nase im Wind, mit flatterndem Haar preschten sie davon.

Mit Spucke und dem Taschentuch säuberte sie Ellbogen und Knie. Es spannte und brannte.

Die Zahnschmerzen hatte sie bei ihren Anstrengungen nicht wahrgenommen. Jetzt aber tobte und klopfte es wieder, dumpf und gewaltig. Sie nahm aus der Schachtel noch eine weiße, runde Kapsel, zwang sie mit viel Limonade hinunter.

Gespenstische Stille lag über den Einöden und Feldern. Ängstlich suchte sie die Wegweiser. Obermünster, Niedermünster, davon hatte sie schon gehört.

Sie fuhr weiter. Hügelig war es, und sie mußte oft schieben. Die Schmerzen hatten nachgelassen, aber Hitze stieg in ihrem Körper auf, überzog sie in Wellen. Matt wurde sie und zittrig.

Endlich kam ein Wegweiser mit Kilometerangabe. Sieben Kilometer. Das war sehr weit. Sie würde ankommen, wenn alles vorbei war. Aber umkehren konnte sie auch nicht mehr, zu weit hatte sie sich schon von zu Hause entfernt, zu nah war sie dem Ziel. Außerdem hätte sie sich furchtbar geschämt vor den anderen und vor der Mutter, die ihr diese Fahrt immer ausgeredet hatte.

Ich hab's dir ja gleich gesagt, hörte sie die Mutter sagen, daß das nichts Gescheites ist, so weit mit dem Rad zu fahren. Immer wußte sie alles besser, immer schon im voraus.

Die Knie schmerzten. Nicht mal ein eigenes Fahrrad hatte sie, obwohl sie immer Brotzeit auf das Feld fahren mußte. Die Taschen links und rechts der engen Lenkstange des Herrenrades, ausgestopft mit Heu und den schweren Bierflaschen darin, Brot und Geräuchertem. Das rechte Bein unter die Stange geschoben, raste sie dann los, weil die Mutter meistens zu spät dran war mit dem Herrichten. Sie hing auf der linken Seite des Fahrrads und balancierte es durch die ausgetrockneten Furchen, durch den dicken Staub der Feldstraßen.

Mit schwitzenden Händen und Sausen im Kopf erreichte sie den Ort. Fichtengirlanden, umschlungen von weiß und gelben Kreppapierstreifen, hingen an den Häusern. Sie schob das Fahrrad auf die Kirche zu. Viele Menschen standen im Freien. Sie blieb in einiger Entfernung stehen.

Es war elf Uhr, und die Sonne stach unbarmherzig aus einem wolkenlosen Himmel herab. Eine Blaskapelle begann zu spielen. »O du Lamm Gottes unschuldig.« Sie waren also bei der Kommunion, und der Gottesdienst ging dem Ende zu. Die Seligsprechung war demnach auch schon vorbei.

Sie hatte ihr Ziel erreicht, und doch wieder nicht. Ein bitteres Gefühl breitete sich in ihr aus. Sie fühlte sich klein und matt.

Sie konnte nicht mehr warten und kehrte um.

Das Fahren wurde immer anstrengender, und sie kam kaum noch vorwärts.

Ein Haus. Das Bellen des Hundes hielt sie nicht auf, sie torkelte über den Hof in den dunklen Hausflur hinein. Eine Bank. Sie ließ sich fallen und legte den Kopf auf den Tisch.

Es loderte und vibrierte bis in die Haarwurzeln hinein, in ihrem Kopf gab es einen hohen, gleichmäßigen Ton, der ihr angst machte, weil er sie forttrug.

Eine alte Frau kam aus der Tür und blieb vor ihr stehen.

»Ein Glas Wasser«, stöhnte das Mädchen mit trockenem Mund, »mir ist so schlecht, mir ist so schlecht.«

Ihr Kopf fiel wieder auf den Tisch. Die Frau kam mit dem Wasser, und das Mädchen leerte es mit einem Zug. »Noch eins, bitte«, sagte sie hastig und hielt der Frau das Glas entgegen.

Ihr Herz raste noch immer, aber nach dem zweiten Glas Wasser ging es ihr allmählich besser, und sie spürte die Kühle ringsum, die ihr so gut tat und sie beruhigte.

Als sie dann zurückfuhr und die Angst vorbei war, weinte sie. Immer wieder sauste ihr Fuß auf dem Pedal ins Leere nach unten.

»Ja, Deandl«, sagte der Großvater, als sie in das Haus kam, »wie schaust denn du aus? Du schaust ja aus wie's Leiden Christi.«

Sie war zerschunden, und alles war umsonst gewesen. Aber der kleine Bernhard mußte viel, viel mehr gelitten haben, sonst hätten sie ihn heute nicht seliggesprochen.

Es gab schon lange keinen Dentisten mehr im Ort, und so ging sie mit ihren Schmerzen zum Arzt, wie alle anderen auch. Er befreite die Menschen von ihren Schmerzen und ihren schwarzen Fragmenten in ihren Mündern. In einer kurzen Narkose hob er alles aus, was schwarz war.

»Da spürst wenigstens nix«, sagten die Leute erleichtert, »und danach hast für immer dei Ruah.«

»Mamatschi, schenk mir ein Pferdchen, ein Pferdchen wär' mein Paradies ...«

Wenn die Frau das Lied mit ihrer breiten Egerländerstimme singt, im Timbre die Worte vibrieren, dann geht es ihnen allen gut, dann will sie keiner mehr verlassen.

Jeder weiß, daß sie eine Hure ist, eine Betrügerin, eine, die das Wort verdreht, die ihre Zeit in Wirtshäusern und Cafés, im Gefängnis, bei den Behörden verbringt, am wenigsten bei der Arbeit.

Mit Schwung fährt sie auf dem Fahrrad in den Hof, nach einem Arztbesuch oder einem Behördengang. Gerichtstermine sind ihr nichts Fremdes, und mit den Behörden kennt sie sich aus.

»Herr Richter, hab ich zu ihm gesagt, Sie müßten mal zu mir nach Hause kommen, dann würden Sie anders über mich urteilen. Ich lieb' jedes meiner vier Kinder, ich lieb' jedes, wie's ist. Sie kenna mich doch net so lang einsperrn.«

Ständig kämpft sie um den Vaterschaftsnachweis für eines ihrer Kinder. Nur einer kann der Vater sein, aber der weigert sich, und mit ihm noch weitere zwei.

Sie sitzt am Tisch, trinkt und raucht, plaudert charmant, während die Mutter eilig den Strudelteig ausrollt, ihn mit Rahm bestreicht, mit Äpfeln füllt, in die Raine legt.

»Ich sag Ihnen, Frau Kolbeck, wenn ich die Welt so betrachte – und die Männer«, fährt sie mit Pathos fort, dann ist auch die Mutter bald eingewickelt, wie die Äpfel in den Strudelteig.

Eigentlich ist die Mutter nicht gut auf sie zu sprechen, denn die letzte Zeche ist noch nicht bezahlt, von den früheren reden wir lieber nicht, und ob sie heute würde zahlen können, ist auch noch nicht gewiß. Schließlich ist sie erst gestern aus dem Gefängnis entlassen worden.

Sie ist ein Magnet, sie zieht die Männer an. Wenn sie da ist, finden sie das Leben schön. Bald haben die

Gäste in der Küche keinen Platz mehr, und sie wechseln hinüber in die Gaststube.

Sie kommen und gehen. Heute macht der Maurer blau, der Vertreter hat seine Tour schon am Mittag beendet, und der Bauer, der bekannt ist für seine Strenge und Arbeitswut, er kann sie auch nicht verlassen, das runde, kräftige Weib, mit ihrem Lachen, mit ihrem Busen wie Brotlaibe, so groß.

»Frau Sukow«, sagt die Mutter leise, als das Zechen unüberschaubar wird, »Sie wissen doch, daß da noch was offen ist vom letzten Mal...«

»Aber Frau Kolbeck, des waas i doch. D'Hand mecht ma abfalln, wenn i s'nächste Mal net zahl. I schwers Ihna, so wahr i da sitz. Sie wärn mir doch jetzt vor de Männa kaa Schwierigkeiten macha, oda? I versprech Ihna: Sobald der Sauhammel für mei Kind zahlt, kriegen Sie Ihr Geld. Is doch Ehrensache, Frau Kolbeck, oder?«

Der Hopfen möcht jeden Tag seinen Herrn sehen, sagt man in der Holledau. Jeden Tag, das ist von April bis Oktober. Und kaum ist der Hopfen reif zur Ernte, sagt man von ihm: Der Hopf is a Tropf, nimmt an jeden beim Schopf.

Spannungsgeladen wie der Himmel vor einem Hagelsturm ist die Luft zwischen den Menschen während der Ernte, und ein einziger Gedanke zirkuliert in den Köpfen der Bauern: Was wird er heuer kosten? Zu früh verkauft, zu lange gewartet, löst er in den Familien Kriege bis aufs Messer aus, und mancher Bauer ist aufgrund einer falschen Spekulation über Jahre hinaus verschuldet.

Anfang September ist es soweit. Körbe und Hocker werden repariert, auf Wagen geladen und hinausgefahren auf das Hopfenfeld. Alles, was Hände hat, muß jetzt hinaus.

Hopfenstangen – Galgenstangen.

Das Kind aus dem Schlaf reißen, die frische Wärme in der noch nächtlichen Küche, der dünne Malzkaffee und die Mahnung: Sei fleißig und schau, daß du was fertig bringst.

Am Rande des Dorfes in den Nebel hineingehen, der Tag schläft noch auf den Wiesen, im Trampelpfad ist kaum Platz für einen zweiten Fuß, das nasse Gras wölbt sich wie ein Tunnel darüber.

Im Hopfenfeld sitzen bereits die Frauen. Die durchweichten Schuhe ziehen sich die lehmige Erde in immer größeren Klumpen an.

Bleischwer stürzt die mühsam ausgehackte Rebe wie ein Drachenschwanz zu Boden. Im Fallen streift sie unsanft dein Gesicht, damit du aufwachst, du schläfriges Kind, deine schweren Augen sich öffnen, deine Bewegungen nicht erstarren. Ein roter, brennender Strich auf der Wange als Warnung, als Losung des Tages.

In die Furche den Hocker gesetzt, den Korb am rechten Knie, die nasse Rebe auf dem Schoß. Die Zunge eines Ungeheuers könnte nicht rauher sein, an Händen und Gelenken hält sie sich fest, ritzt feine Striche in die Haut.

»Brock, brock, net schlaffa, bis Mittag miaß ma vorn sei«, mahnt Großvater.

Ein Käfer, der friert, kriecht langsam. Die nassen, steifen Finger greifen lustlos nach den Dolden zwischen den Blättern, die Morgensonne liebkost warm das Gesicht des Kindes.

»Wennst an Korb voll hast, griagst a Guatl«, verspricht Großvater.

»Gib's ma halt jetzt scho«, bettelt das Kind, »dann schick i mi.« »Na, na, erst wenn da Korb voll is.«

Der wiederholte Blick in den Korb macht ihn nicht voller. Wenn er oben nur nicht so weit wäre! Sie rechnet in: bodenbedeckt, viertelvoll, halbvoll, dreiviertelvoll, voll, Gipfel.

Der Vormittag ist eine qualvolle Ewigkeit. Dieser Garten ist kein Spielplatz. Räuber und Gendarm spielen, Puppenkleider mit der Kathi, dem Flüchtlingskind aus der Batschga, machen, Kuchen aus Sand backen und sie mit Gänseblümchen verzieren... »Schau doch net immer, Deandl, brock. Was dramst denn allawei.«

Das Pferdegespann in der Ferne, sie sieht es immer als erste, erkennt die Ihrigen an der weißen, leuchtenden Blesse des Fuchses. Was bringt der Vater zum Essen? Vielleicht etwas Süßes? Endlich kommen sie näher, schnauben heran, die Pferde und der Vater. Er wischt sich den Schweiß von der Stirn, zum Zeichen, daß er sich plagt.

Hastig die Töpfe vom Wagen, das Bier für den Großvater. Ein Platz in den Furchen gesucht, den Deckel geöffnet: wieder nur Essen für Männer.

Die Mutter hat auch heuer den Geburtstag vergessen. Ein Pudding hätte genügt, dazu ein Kompott, als Beweis ihrer Liebe.

Der Vormittag war noch voll Hoffnung gewesen. Vielleicht fällt es ihr ein, während sie kocht...

Innen am Schlund fließen die Tränen, schweigend ißt sie von dem, was ihr nicht schmeckt.

Der Vater mißt und sammelt den Hopfen, fragt auch nach dem ihren und meint, es könnte mehr sein.

Dann wird das Fahrzeug immer kleiner, und die vage Hoffnung, daß Vater sie mitnimmt, schwindet auf der gewundenen, staubigen Straße zum Ort.

Die Fleißigen und die Gezwungenen pflücken sich in die Dunkelheit hinein, gehen mit steifen Gliedern im Nebel nach Hause.

Im Dorf ist die Luft geschwängert vom getrockneten Hopfen, aus den Schornsteinen steigt senkrecht und weiß der Rauch in die Nacht. Schon an der Tür wird die Leistung erfragt.

Hände und Gesicht brennen bei der Berührung mit Wasser.

Der Vater heizt mit Wurzelholz den Ofen der Darre, bis das dicke Rohr glüht, das die heiße Luft nach oben bringt.

Er wendet den Hopfen auf Gittern, greift mit geübter Hand in die Dolden, der Fingernagel zwickt ihnen ins Herz, zu prüfen, ob es noch feucht ist.

Das Kind braucht den Schlaf. Im Knistern des Holzes schläft es hinüber, schwere Reben fallen herunter und decken es zu.

Morgen früh muß es wieder hinaus.

Und eines Sonntagmorgens im September stand die Gruber Leni blaß in der Tür, fragte mit tonloser Stimme in den übernächtigten Wirtshausmorgen hinein nach ihrem Mann, so, als wäre er ein Überbleibsel vergangener Nacht.

Die Wirtsleute bedauerten. Nein, er war nicht hier gewesen.

Natürlich trank er manchmal zuviel, nie aber war er über Nacht weggeblieben. Hatten ihn sicher wieder freigehalten, und ihn überredet, doch noch zu bleiben. Hatte nicht manch einer sein Vergnügen daran, einen Schwächeren betrunken zu machen, ihn zu hänseln, herauszufordern, sich auf seine Kosten zu amüsieren?

Klein von Gestalt, waren die hervorstechendsten Merkmale seine dunkelroten, borstigen Haare und ein ebensolcher Schnurrbart. Dazu die blauen Augen, die, weil die Pupillen auffallend umrändert waren, an Taubenaugen erinnerten. An Werktagen trug er einen sauberen, vom ständigen Waschen hellblau gewordenen Arbeitsanzug und den von Sonne und Wind gebleichten Hut, in dessen undefinierbare Farbe der Schweiß das braune Ripsband hatte hineinsickern lassen. Den Lebensunterhalt verdiente Paul als Straßenwärter und als Tagelöhner bei den Bauern. Mit Leni und deren Tochter bewohnte er ein kleines, niedriges Haus am Rande des Ortes.

Alle mochten ihn. Das war leicht. Er stellte keine Ansprüche und brachte niemanden in Bedrängnis. Wurde schnell mal eine Arbeitskraft gebraucht, half er, obwohl er sich mehr als die anderen anstrengen mußte, die körperliche Leistung zu erbringen.

An Sonntagen glich sein Wirtshausaufenthalt einem Ritual. Nach dem zweistündigen Kartenspiel mit der meist immer gleichen Besetzung trank er, mit wachsamen Augen der Unterhaltung folgend, noch einige Halbe Bier. Dann, so allmählich, verlangte sein Gemüt nach einem Lied. Leise vor sich hinsummend begann er, und, als wollte er die Stimmung dafür testen, wurde er lauter. Bald konnten auch die anderen nicht widerstehen, und sie begannen mitzusingen.

Nach den Liedern von der Maurischen Wüste und dem Jäger, der beim Schießen eines Rehs erkannte, daß das Leben ja nur ein Traum sei, war die Zeit für die weniger bekannten, für seine Lieder gekommen. Es waren balladenartige Lieder mit tragisch schönem Ausgang. Die letzten Strophen kannte nur er. Eines seiner Lieblingslieder handelte von einem Mann im Gefängnis, der sich nach Freiheit sehnte und dessen treue Geliebte vor den Gefängnismauern auf- und abging, auf ihn wartete. Melodie und Inhalt des Liedes gingen zu Herzen, deshalb wurde er jedesmal aufgefordert, es zu singen. Er saß zwischen den kräftigen Männern wie ein zerzauster Vogel. In seinen Augen war Glanz, und in seinem Blick war Sehnsucht und erfüllte Freude, als er mit kräftiger Stimme die letzten Strophen alleine sang. Die anderen schwiegen, hörten ihm zu.

Seine Frau, ebenso bescheiden und nicht viel vom Leben fordernd, lebte schicksalergeben mit seiner Schwäche zum Bier. So, wie sie zu ihm gehörte, gehörte es sich auch, daß sie samstags oder sonntags nach ihm schaute, ihn loszureißen versuchte aus der Runde angetrunkener, übermütiger Männer. Natürlich wurde sie aufgefordert, zu bleiben, mitzutrinken. Meistens trank sie etwas von seinem Bier, aber sie war viel zu ernst und zu schwerlebig, als daß es ihr Genuß und Freude hätte bereiten können, länger zu bleiben. So mußte sie oft den langen Weg allein nach Hause gehen.

Jetzt, am Sonntagmorgen, war traurige Ratlosigkeit in ihrem Gesicht, als man ihr sagte, Paul sei zwar nicht da, aber was sollte ihm schon passiert sein, hier im Ort?

Am Nachmittag durchzog die Nachricht den Ort, hallte es im Echo von Haus zu Haus, in den Wirtshäusern von Mann zu Mann: Der Paul hat sich umgebracht, der Paul hat sich ertränkt.

So hatte man ihn gefunden: Im letzten Stück Moor, das der Ort noch hatte, hing sein Körper über eine Stange gelehnt, Kopf und Füße im dicken Schlamm. Ein verzweifelter Versuch, sich im letzten Moment noch zu retten?

Das war noch nie vorgekommen. Ausgerechnet er. Sich erhängen, erschießen, das Spritzmittel E 605 saufen, das kannte man. Aber in den Sumpf gehen, so nach und nach, das muß man sich mal vorstellen... Was hat ihn dazu getrieben? Warum hat er sich umgebracht, warum so? Er war doch so ein lustiger Mensch.

Sein Tod erschütterte alle. Spekulationen, Vermutungen wurden ausgesprochen, aber kaum waren sie formuliert, erkannte man ihre Absurdität.

Am nächsten Tag sickerte eine weitere Version und, wie viele glaubten, die einzig mögliche, die Wahrheit durch:

Ein Mädchen soll schuld gewesen sein, aber auch der Mann. Oder war es nur der Mann? Die zweite Frage getraute sich keiner laut zu stellen, bei der Suche nach der Ursache.

Ein Mädchen, acht Jahre alt, war mit seiner Familie aus dem Bayerischen Wald zur Hopfenernte gekommen. Beim Pflücken kam Paul in ihre Nähe. Er saß den ganzen Nachmittag in ihrer Nähe und auch noch bis in den Abend hinein. Als flinker Hopfenzupfer, der er war, hätte er in seiner Furche längst vorrücken müssen, das träumende Mädchen weit hinter sich lassend. Er aber blieb immer auf ihrer Höhe, parallel zu ihr sitzen. Das wunderte zwar die, die ihn kannten, aber es kümmerte sie nicht weiter, sie wollten ihre Körbe voll kriegen, ihre Metzen am Abend gepflückt haben, die Gelegenheit des Geldverdienens nutzen.

Das Unheil erlauern, es durch wilde Phantasien, durch Andeutungen herbeireden, die Zerstörung erschaffen. War es Neid, Eifersucht?

Ein Hopfenzupfer hat Paul und das Mädchen an diesem Nachmittag nicht aus den Augen gelassen. So war ihm auch das Lächeln, das hin- und herging, nicht verborgen geblieben. Einmal soll Paul zu ihr hinübergelangt haben, hieß es. Vielleicht hat er ihr einen Gipfel, das oberste Ende einer Rebe rübergereicht? Der Gipfel war bei allen Pflückern begehrt, weil er durch die wenigen Blätter leicht zu pflücken war und die großen, festen Dolden schnell den Korb füllten. Oft hat ein verständnisvoller Erwachsener einem Kind, dessen Geduld und Ausdauer nach stundenlangem Sitzen und Pflücken einen Tiefpunkt erreicht hatten, zur Aufmunterung einen Gipfel überlassen. Warum nicht auch er?

Paul hatte am Abend sein Soll nicht erfüllt. Auf dem Nachhauseweg hatte sich der Beobachter zu ihm gesellt. Er soll ihm gedroht haben: »Wenn ich des, was i heit gsehn hab, der Polizei sag, kommst ausm Gfängnis nimmer raus.«

»Da wo koa Vogerl singt und a koa Zither klingt … Dann konnst dei Lied alloa singa.« Danach ging Paul ins Moor.

Kaum ist die Hopfenernte vorbei, kommt das, was sie am meisten haßt: Das Sammeln von rotem Hopfen.

Zwölf Uhr mittags. Die Bauern sind mit ihren Pferden nach Hause gefahren. Es ist sehr still auf den Feldern. Kein Antreiben der Tiere, kein verzweifelter Fluch kommt herüber, kein Vogel singt. Wie ausgestorben ist alles.

Sie sitzt auf einer Furche im Hopfenfeld. Die langen Reben, die noch vor kurzem wie riesige grüne Teppiche in der Landschaft hingen, geben jetzt keinen Schutz mehr gegen die Sonne. Abgeerntet und braunblättrig liegen sie zusammengerollt auf den Furchen. Die nackten Stangen ragen teilnahmslos in den Himmel.

Den Rücken an eine der Stangen gelehnt, ein Butterbrot essend, schaut sie in die Stille der Landschaft hinein.

Trotz einiger Entfernung zum Ort ist jetzt das Schlagen der Turmuhr zu hören. War es zwei- oder dreimal? Sie bräuchte nur den Hang hinaufzulaufen, dann könnte sie das große Zifferblatt der Kirche sehen. Aber sie geht nicht weg vom Feld, rührt sich nicht von der Stelle. Wie angewurzelt sitzt sie da, und als wolle sie Halt suchen, geht sie mit den Augen ab, was ihr vertraut ist.

Da ist der Wald, der dem Stöckl gehört. Da wachsen auf einer Lichtung die besten Himbeeren. Vom Waldrand bringt Vater immer schöne Sträuße mit nach Hause. Und das Feld am Hang gehört ihnen. Sie erkennt es heuer schon von weitem, weil Mais darauf wächst. Vorn ist das Wegkreuz, das die Großmutter gestiftet hat. Es ist aus Eisen und hat ein schmiedeeisernes Gitter um den großen Stein. Es ist jetzt zugewachsen vom wilden Wein, der im Oktober rot leuchtet. Die Holunderbüsche, der Schlehdorn die Straße entlang. Sie kennt die feuchten Wiesen und weiß auch, wem sie gehören. Hinter dem Buckel ist eine sumpfige Stelle, die ihr beim Kühehüten Angst einjagt, weil sich im Herbstnebel schnell eine Kuh dorthin verlaufen kann.

Zu Hause sitzen sie jetzt beisammen und essen Mittag. Rindfleisch mit Blaukraut und Salzkartoffeln oder Maultaschen mit Gurkensalat. Die Mutter hat gemeint, daß es sich nicht lohnen würde, nach Hause zu gehen. Zuviel Zeit ginge dabei verloren. Sie solle fleißig sein und nicht trödeln. Mit schnellen Fingern den roten Hopfen von der Erde aufklauben oder von den dürren Reben pflücken, die der Wind vorzeitig abgerissen hat. Das Geld, das der verkaufte Hopfen bringt, gehöre dann ihr, und sie dürfe sich davon etwas Schönes kaufen auf dem Volksfest in Allersdorf.

Ach, am liebsten würde sie ja selbst hinausgehen auf das Feld, die blöde Hausarbeit liegen und stehen lassen. Schau her, so muß man es machen: Schnell nach allen Seiten greifen, flink die Dolden packen, bis die Hände prall gefüllt sind. Dann erst in den Korb werfen. Keine unnützen, leeren Bewegungen machen!

Sie ist das einzige Kind auf dem Feld in diesen Tagen. Die Nachbarskinder dürfen die wenigen Tage vor Schulbeginn zu Hause bleiben. Während der Hopfenernte wurden auch sie nicht geschont.

Je mehr Hopfen du gesammelt hast, desto mehr Geld bekommst du.

Wieviel von den federleichten Dolden braucht man für ein Pfund? Und wieviel Pfund braucht man, die Mutter zufriedenzustellen? Muß sie das ganze Hopfenfeld abklauben? Es erscheint ihr riesig. Die vielen Furchen nebeneinander und jede davon so endlos lang.

Sie schreitet die Furchen ab, wie sie es bei ihrem Vater gesehen hat, und zählt dabei. Ein halber Tag brachte sie zwei Furchen vorwärts, und der Korb ist gerade halb voll. Zaubern sollte man können, oder ein Wunder müßte geschehen. Am Abend würde sie auf die Frage der Mutter sagen: Ich habe alles geschafft. Das ganze Hopfenfeld ist abgeklaubt, nichts liegt mehr auf dem Boden, nichts verkommt mehr. Bin ich nicht gut! Mit einem Schlag hätte sie alles hinter sich, wäre alles vorbei: das Alleinsein auf dem Feld, nicht mehr der prallen Sonne ausgesetzt zu sein, und vor allem befreit von der Arbeit, von der sie ahnt, daß sie nicht zu bewältigen ist.

Sie betrachtet die mit lehmiger Erde verschmierten Hände, die jetzt, da sie trocken sind, unangenehm spannen. Gänsehaut läuft ihr über den Rücken, wenn sie die Hände öffnet und schließt. Sie wiederholt es langsam und ist jedesmal verblüfft, was es bewirkt. Die wunden Stellen an den Fingernägeln, wo die Haut in kleinen Fetzen absteht. Dieser brennende Schmerz und das Gefühl von Hilflosigkeit fressen sich in sie hinein.

»Von dem Geld, das der Hopfen bringt, darfst du dir was Schönes kaufen auf dem Volksfest.« Immer wenn die Verzweiflung sie überwältigt und die Versuchung sie bedrängt, nach Hause zu gehen, erinnert sie sich an diesen Satz der Mutter.

Das Volksfest, das jetzt immer öfter erwähnt wird und auf das alle hinfiebern nach den schweren Sommermonaten. Vierzehn Kilometer ist die Kreisstadt entfernt, und die wenigsten haben ein Auto. Aber fast alle sind sie dort, keiner ist zu arm oder zu klein, um nicht hinzugehen oder nicht mitgenommen zu werden. Sie ist auch schon einmal mit dabei gewesen, das schönste Geschenk, die größte Belohnung, die ein Kind in diesen Tagen bekommen kann. Es war ein einziger Sinnesrausch: Die Rosen mit den glitzernden Blütenblättern, die Federn vom Schießstand, die Pfeiferl mit dem Trillervogel obendrauf, die lauten durchdringenden Orgeln der Karussells, Bratwürstel und Süßigkeiten. Im Geschubse und Gedränge muß man aufpassen, nicht von der Hand des Vaters losgerissen zu werden, und in der Aufregung fällt es schwer, sich für Süß oder Sauer zu entscheiden. Dann drängen Vater und Großvater in das Bierzelt. Bei den Erwachsenen zu sitzen, einen Schluck Bier aus dem Steinkrug zu trinken, Emmentaler mit dem grauen Gemisch aus Salz und Pfeffer zu essen ...

Jetzt kommen vereinzelt die Bauern wieder zurück auf die Felder. Auch sie nimmt ihre Arbeit wieder auf.

Einige Jahre wiederholt sich jedesmal im September das gleiche Spiel: Das Sammeln von rotem Hopfen, verbunden mit dem Versprechen auf das Volksfest. Und das, was sie nie vergessen wird: Der fast menschenleere Ort an diesem Volksfesttag. Kein Kind ist auf der Straße, nur eine Handvoll genügsamer Frauen und gebrechlicher Alten sind zu Hause geblieben. Auch sie, denn Vater und Großvater wollen sich an einem so wichtigen Tag nicht mit einem kleinen Mädchen an der Hand belasten.

Sie verkriecht sich hinter dem Haus wie ein wundes Tier, will von niemandem gesehen und gefragt werden. Sie fühlt sich tief gedemütigt. Sie hört schon die Kinder in der Schule prahlen. Es hilft nicht der Trost der Mutter, daß Vater und Großvater ihr sicher etwas Schönes mitbringen würden.

Und wieviel brachte der gesammelte Hopfen?

Eigentlich nichts, denn es gab immer einen Grund, ihn nicht zu verkaufen. Mal fand die Mutter, daß der Preis zu niedrig war, dann wurde er nur mit einer Partie grünen Hopfens abgenommen.

Im Spätherbst waren die Hopfengeschäfte der Saison abgeschlossen, kein Händler kam mehr ins Haus. So verstaubte und verblaßte der rote Hopfen auf dem Dachboden.

Bis es im nächsten Jahr wieder hieß: Von dem roten Hopfen...

Die Mutter ist »dick«, und das Mädchen schämt sich. Sie ist elf.

Wenn die Buben eine schwangere Frau sehen, grinsen sie verlegen und machen hinter ihrem Rücken mit den Armen weit ausholende Bewegungen vor dem Bauch. Noch mit dreizehn springen sie in der Pause die Mädchen von hinten her an, klammern sich an ihren Schultern fest und stöhnen, während sie mit ihrem Unterkörper heftige Stoßbewegungen gegen den Körper der Mädchen machen. So haben sie es bei den Tieren gesehen.

Frau Doktor, die Frau vom Tierarzt, spricht es aus und sagt dem Mädchen, daß ihr der Storch vielleicht ein Brüderchen bringen wird. Dann drängt sie darauf, daß sie gemeinsam eine Garnitur für das Kinderbettchen sticken, um die Mutter zu überraschen.

Blumenkränze und Girlanden werden sorgfältig auf Stoff gepaust, das Stickgarn ist noch aus Böhmen. Die Farben verlaufen von dunkel nach hell, so sind Blatt und Blüte, wenn sie gestickt sind, in Licht und Schatten getaucht. Immer wieder muß sie es anschauen, kann nicht genug davon kriegen.

Im Schlafzimmer der Eltern steht der Korbwagen mit dem hauchdünnen Himmelbettschleier, der gestickten Bettgarnitur. Sie warten.

Eines Abends putzt die Mutter den Fußboden des Schlafzimmers, bezieht die Betten, richtet Wäsche her. Als das Mädchen am nächsten Morgen in die Küche kommt, sagen sie ihr, daß sie ein Schwesterchen bekommen hat.

Nach der Schule ist die Gaststube voll mit ausgelassenen Männern. Sie nennen den Vater einen Büchsenmacher, und sie versteht nicht, was sie damit meinen. Er nimmt das dritte Mädchen hin als etwas Unabwendbares, und sein alter Traum versinkt an diesem Tag im Alkohol und im Geblödel der Männer.

Die Älteste hat eine weitere Aufgabe bekommen. Sie wird das Neugeborene wiegen und schaukeln, später füttern und fahren, bis es eingeschlafen ist. Das Kind soll nichts entbehren müssen. Es soll nicht sein wie beim ersten. Das hatte die Mutter, trotz der Bauchkrämpfe, die das Kind quälten, der grantigen Schwiegermutter überlassen müssen, während sie auf dem Feld war.

So wird das letzte Kind ein fröhliches Kind, das die anderen entzückt und die Eltern schnell vergessen läßt, daß es kein Junge ist. Begraben ist der Wunsch, die Tatsache akzeptiert. Es ist so selbstverständlich da, es wiegt sich zur Musik, kaum, daß es stehen kann. Es wird herumgereicht von Männerschoß zu Männerschoß, es wird der großen Schwester anvertraut, Verantwortung übertragen, zu viel, zu früh. Das bindet sie für lange Zeit.

Und die Mutter meint vom dritten Kind: »Wenn ich das Kind nicht hätt', ich würd' verzweifeln. Allein die Fröhlichkeit, ihr Lachen. Es hilft mir weiter, wenn ich nicht mehr kann.«

Flüchtlinge kamen und gingen, die Mönche aus Böhmen aber blieben. Eindringlinge sind sie, zunächst, weil sie in das Kloster einziehen und den alten, weißhaarigen Pfarrer Gotthart in die Nachbargemeinde »vertreiben«.

Die Kinder staunen offenen Mundes über die Männer in schwarzen Kleidern, die wie schwarze Vögel auf den Feldwegen zwischen Mais und Getreide spazierengehen. Und Namen haben die! Aus dem Pater Anselm ist schnell der Pater Drossel geworden. »Aber der hat doch einen Vogelnamen«, beharrt die Huberin.

Im Beichtstuhl riechen sie alle gleich, und aus ihrem Mund kommt derselbe, ungewohnte Geruch. Endlich weiß man: Das ist Knoblauch. Keiner im Ort ißt Knoblauch, nur die Flüchtlinge.

Kaum angekommen, beginnen sie das Kloster umzubauen. Sie gründen ein Gymnasium, und bald zittern in den Schlafsälen unter dem Dach kleine, fremde Buben vor Heimweh und Kälte.

Ein feierliches Pontifikalamt mit Weihrauch, Latein und viel Hin und Her, gehört von jetzt an dazu. »Sche is des scho, aber de Pater san ja so langsam«, sagen die Bauern und stehen sich an der hinteren Kirchentür die Beine in den Leib.

»Jubilate, jubilate...«, die Stimmen der Sängerknaben lassen die Frauen sehnsüchtig erschaudern und sie noch ehrfürchtiger werden. Mit dieser »Musica sacra« kommen immer mehr feine Menschen aus den Städten in den verschlafenen Ort, und es sieht so aus, als wären die Patres endlich wieder unter ihresgleichen. Die Fremden verlangen nach dem Konzert in den Gasthäusern Filterkaffee und Kuchen, und das Mädchen hofft, daß keiner den Weg zu ihnen findet.

Trotz aller Bemühungen sind »die Pater« zunächst anders und fremd, umgekehrt müssen auch sie das Beziehungsgeflecht der Menschen im Ort erkunden, zu einem Bild zusammenfügen. Jede Neuigkeit, die den Weg vom Kloster in den Ort findet und umgekehrt, wird gierig aufgenommen. Und manchmal staunen die Leute, was sie da hören. Da ist von Ehrgeiz und Machtkämpfen die Rede, von Liebe. Platonische Liebe gibt es, und andere Liebe auch.

»Schau sie an«, sagen da die Leute, »da predigen's immer von der Kanzel runter, was man tun soll und was nicht. Sind auch nicht anders, sind auch nur Menschen, können auch nicht raus aus ihrer Haut.«

Und das Mädchen? Das Mädchen ist in seinem Innersten tief verbunden mit dem Kloster und den

Mönchen. Es spielt Theater, es singt im Kirchenchor, betet sonntags in der großen Kirche vor. Es trägt einen heimlichen Wunsch mit sich herum: gscheit sein, wie die da drinnen im Kloster.

Das Mädchen aber fährt mit dem Schubkarren den Mist aus dem Stall, steigt mit hochrotem Kopf vom Heuboden, steigt mit zitternden Knien, staubbedeckt, vom Dreschwagen, kommt im Herbst durchnäßt und verdreckt von der Rübenernte nach Hause.

Aber noch etwas anderes bewegt ihr Herz: die Schüler des Gymnasiums und die Liebe zu einem von ihnen. Heimlich und wortlos ist diese »Liebe«, denn sie sehen sich selten aus der Nähe. Ein Lächeln, ein besonderer Blick in der Kirche an Festtagen, das ist es.

Einmal dauerte diese »Liebe« zwei Jahre lang. Jedesmal wenn sie über den Hof ging, und das tat sie oft, wenn er auf dem Fußballfeld war, hob er seine Hand und sie die ihre.

Mit jedem ersten Ferientag aber beginnt für sie eine grausame Zeit. Die Schüler sind nach Hause gefahren. Stille kehrt ein in den Ort, und in ihr ist grenzenlose Einsamkeit. Im Kloster sind die Fenster geschlossen, der Fußballplatz leer. Es zerreißt ihr das Herz. Die Buben haben ein Stück aus ihr herausgerissen, als sie wegfuhren, und wissen es nicht. Mitgenommen nach Wasserburg, nach Argentinien, nach Waldsassen. Sie sucht die Orte im Atlas und sehnsüchtet ihnen nach über die Landstraßen, über das Meer. Sie hofft einen Sommer lang, und im September muß sie traurig feststellen, daß der eine oder andere nicht wiedergekommen ist.

Irgendwann wird ein anderer den Blick des Mädchens suchen, und sie den seinen, wird ein anderer an den Sonntagnachmittagen am Haus der Wirtsleute vorbeigehen, unter einem Vorwand stehen bleiben, und das Mädchen wird sich zeigen mit einem scheuen Lächeln. Und jedesmal wenn die Ferien kommen, beginnt der Schmerz aufs neue. So werden die Buben stellvertretend für Einsamkeit und Sehnsucht sein, die sie von Anfang an mit sich trägt.

Einige von ihnen werden später, wenn sie in der Stadt das Abitur gemacht, ihr Studium begonnen haben, den Ort ihrer frühen Internatszeit aufsuchen. Sie werden in das Wirtshaus kommen und ausgefallene Getränke bestellen, die man hier nicht kennt. Sie werden sich amüsieren über die Rückständigkeit der Dorfbewohner, sie werden das Glas gegen das Licht halten und es arrogant zurückweisen. Sie werden dem Mädchen wieder zeigen, daß sie ja nur ein Bauernkind ist.

Wo waren die Schutzengel, die guten Geister, die Feen? Ihre Flügel hätten sie ausbreiten müssen, als sie das Kind sahen, das allein war mit einer Herde wildgewordener Kühe.

Das Vieh wird im Herbst auf die Wiese getrieben, nach einem Jahr im Stall an der Kette. Das gute Gras darf nicht verkommen.

Jeder verfügbare Mensch steht bereit, mit einer Peitsche, einem Stock, das Vieh vom Stall auf die Straße zu zwingen, hinaus auf die Wiese.

Endlich sind sie losgelassen von den Ketten. Wild schnaubend, mit aufgerissenen Augen tasten sie sich durch die Stalltür, auf ihren sichelförmigen, krummgewachsenen Klauen. Bedeutet die erschnupperte

Luft den Tod oder die Freiheit? Die Angst treibt ihnen den Dreck aus den Därmen, der niederklatscht und wäßrig zerspritzt auf der Straße. Unter Schreien, Flüchen und Schlägen treiben die Helfer das Vieh durch das Dorf auf die Weide.

Dort ist ein Halmklee, da ein Rübenfeld. Paß auf, daß nichts passiert. Wenn eine zuviel von dem jungen Klee erwischt, gibt's einen Blähbauch und die Kuh verreckt. Und unten ist das Moor. Kein Mensch kann ein Tier daraus retten.

»Stell dich hier vorne hin, du mußt verhindern, daß sie nach Hause laufen. Wenn eine anfängt, laufen sie alle. Besonders die hier, die schreit nach ihrem Kalb. Die Wampen sollen sie sich vollfressen, hast g'hört? Und komm ja net um viere scho hoam!«

Damit läßt man sie allein.

Den Nachmittag läuft sie verzweifelt weinend hinter den Bestien her, die in fremde Felder rennen, Kraut und Rüben fressen. Kaum hat sie die einen verjagt, verschlingen die anderen gierig den Halmklee. Sobald die Kühe laufen, hat sie keine Chance mehr. Nicht mal mit der Peitsche sind sie zu erreichen. Auch der Prügel, den man einer Kuh zwischen die Beine gebunden hat, bringt sie nicht zum Stehen, macht das Tier noch wilder.

Verläßt sie den Platz an der Straße, ist der Weg frei. Die, deren Kalb zu Hause steht, fängt als erste an zu laufen, die anderen hinterher. Die Kühe stehen längst im Hof und warten vor der Stalltür, als sie allein nach Hause kommt. »Nicht mal zum Kühehüten kann man dich brauchen.«

Jeden Mittag eilt sie von der Schule nach Hause, schlingt kaltgewordenes Essen hinunter und hat Angst vor dem Nachmittag mit den Kühen.

Im November heißt es: »Jetzt sind's ruhiger geworden. Während du stehst, kannst du auch stricken. Der Winter kommt, die Männer brauchen Socken, strick!«

Die nebelnassen, steifen Finger stricken nun.

Die Herbstzeitlosen blühen, die Pilze mit des Teufels Schnupftabak darin sind prall gefüllt.

Die Regentage werden kälter, der Wind zieht ihr die Kleider aus. Ein Rupfensack wird zum Kapuzenmantel. So kauert sie sich in den Graben, der Wind weht über ihren Kopf hinweg. Wie schön das ist.

Geräusche nähern sich, ein Junge kommt mit einem Leiterwagen aus dem Nebel. Er ist vom Einödhof, muß Mehl und Zucker holen. Er ist jetzt über ihrem Kopf. Im selben Augenblick saust seine Peitsche über ihr Gesicht. Als sie hochfährt, sieht sie ihn grinsend weiterziehen.

Einige Tage lang geht quer durch ihr Gesicht der rote, aufgequollene Strich.

»Wenn die Kinder mal beim Lehrer Schwertfeger sind, lernen's nix Gscheits mehr.« Die Eltern sagen es, als wäre das letzte Schuljahr ein nutzloses Jahr und die Kinder durch den Einfluß des Lehrers für immer verdorben. Sie hätten ihre Kinder lieber auf dem Feld, als daß sie Barockkirchen kennenlernen, den Blick auf einen Faltenwurf richten, den der Lehrer herausfotografiert hat, daß sie die Wechselrahmen im Schulzimmer mit Fotos füllen.

Und jetzt müssens auch noch Tagebuch schreiben! Hopfazupfa, Erdäpfeglaum, Saufuadern, Küahhüatn, Roßeispanna, Gsodschnein... Die tägliche Arbeit soll in Worte gefaßt werden, in hochdeutsche. Man muß sie erahnen aus dem Klang der alten, vertrauten Wörter. Manchmal gelingt es, meist aber geht es daneben. Aus dem Hofa muß ein Topf werden und aus dem Raufangkihra ein Schornsteinfeger, aus der Schorinna eine Dachrinne.

»Wie heißt es«, fragt der Lehrer das Mädchen im Laden der feinen Kramerin, bei der er wieder einmal steht und Studentenfutter ißt, »heißt es Senft oder Senf?« Ahnend zwar, daß es anders heißen könnte, wenn er sie schon fragt, bleibt sie bei Senft, so wie sie es immer gehört hat. »Senf«, sagt der Lehrer, hebt ihr Kinn, sieht ihr belustigt in die Augen. »Es heißt Senf«, sagt er noch einmal, legt wie zur Versöhnung seinen Arm um sie.

»Senf«, wiederholt sie, als sie auf dem Fahrrad den steilen Berg hinunter fährt. Senf. Was für ein Wort, ohne das harte t am Ende. So weich. Wo der Senft doch so scharf ist. Und später, wenn die Männer aus der Kegelbahn schreien: »Geh, bring mir no an Senft«, muß sie immer an den Lehrer denken, und an das t am Ende, das es nicht mehr geben soll.

Tagebucheintrag: Auf den morgigen Sonntag freue ich mich sehr. Der Sonntag ist mir der liebste Tag der Woche. An diesem Sonntag kann ich machen, was ich will. Meine Freundin und ich haben uns vorgenommen, eine Radltour zu machen. Gestern putzte ich schon das Fahrrad. Endlich komme ich auch einmal nach Langquaid, auf das ich mich schon lange freue.

Vielleicht werden wir auf dem Heimweg ein kleines Wäldchen aufsuchen, um dort noch einige Beeren zu pflücken. Im Wald werden wir uns dann unter einen schattigen Baum setzen und nochmals einen Sommertag genießen.«

Phantasieren für das Tagebuch, für den Lehrer, für sich selbst. Wünsche, zuleihengenommene Worte und Ereignisse. Für ein Bauernkind gibt es kein Wäldchen, keinen schattigen Baum. Und für ein Wirtskind gibt es auch keine Freundin. Schon gar nicht am Sonntag. Keine bleibt bei ihr auf Dauer, denn sie muß auch am Sonntag arbeiten. Früher oder später wird der Vater sie rufen, und noch ehe er etwas gesagt hat, weiß sie, was es bedeutet. Sie wird danach Kegel aufstellen und vom niedrigen Fenster der Kegelbahn hinausschauen, wenn die Freundinnen »per Arm« spazierengehen, hinterdrein die Buben.

Und weil der Lehrer auch die Musik liebt, übt er mit den Kindern ein Singspiel ein. Arien und Chöre aus Opern und Operetten ergänzen das Theaterstück. Dann tanzen die Mädchen in langen Nachthemden, rosengeschmückt Menuett, und Eva singt mit Axel:

»Reich mir die Hand, mein Leben…« Kühn sieht er aus, fremd und draufgängerisch in seinem samtenen Gewand, dem Barett mit der Feder darauf. Es paßt zu ihm, dessen früh erwachte Sexualität die Mädchen verwirrt und zugleich neugierig macht. Aus lauter Übermut hat er in der Kirche in das Weihwasserbecken gepinkelt, was ein großer Skandal war. Die Erwachsenen hatten schon immer geahnt, daß der mal ein Verbrecher werden wird.

Wenn danach der Vorhang fällt, klatschen die Leute

im dunklen Theatersaal, der selbst im Hochsommer noch ein Eiskeller ist, und manch musikbegeisterter Pater in der ersten Reihe schlägt sich auf die Schenkel, noch ehe der Jägerchor aus dem Freischütz ganz verklungen ist.

Italien heißt das Zauberwort. Vier Jahre nach der Währungsreform schauen die ersten Mutigen über die Alpen. Auch den Goethe-Verehrer Schwertfeger zieht es in das Land »wo die Zitronen blühn«, zu Palmen und Chianti.

Mit den Einnahmen aus der Theateraufführung fährt er mit den Kindern der achten Klasse nach Italien.

Italien, Italien! Die fahrn nach Italien. Die Entrüstung der Eltern wollte nicht enden. Immer wieder beherrschte es die Unterhaltung am Biertisch, in den Familien.

Das Mädchen freut sich. Mehr heimlich als offen. Es kauft sich in der Drogerie einen Kulturbeutel und Mundwasser. Mundwasser, denkt sie, braucht man in einem fremden, schönen Land, wo es sicher auch schöne Menschen gibt.

Der Lehrer hatte ihnen Bilder vom Gardasee gezeigt, der von Bergen umrandet war. Hohe, schlanke Bäume standen am Ufer, die Zypressen. Orangen und Zitronen soll es dort auch geben. So weit würden sie fahren...

An der italienischen Grenze, als die Zöllner lange mit den Papieren nicht zurückkamen, hat der Lehrer Angst bekommen, daß mit den Visa etwas nicht in Ordnung sein könnte. »Singt, singt«, hat er nervös die Kinder aufgefordert. Und dann haben sie losgelegt, zweistimmig: »Fliege mit mir in die Heimat, fliege mit mir übers Meer...« Sie haben gesungen, bis sie nicht mehr konnten.

Am späten Nachmittag erreichten sie Neumarkt in Südtirol. »Geht scho, geht scho«, schrien die Buben mit Blick auf die Räder des Busses, der in den engen Straßen rangierte.

Auf dem Weingut erwartete sie ein großer, schlanker Mann, der graue Schläfen hatte und eine blaue Schürze trug. Er war sehr freundlich zu den Kindern.

Übernachten durften sie in dem großen Heustadel, und sie wurden nochmals darauf hingewiesen, keine spitzen Gegenstände, wie Sicherheitsnadeln oder Haarklammern, zu gebrauchen, wegen der Kühe.

Die Kinder wuschen sich am Brunnen im Hof. Als sie den Rucksack öffnete, stieg ihr der frische, fremde Geruch des Mundwassers entgegen. Sie griff in feuchte Wäsche. Zögernd öffnete sie den Kulturbeutel: das Fläschchen lag in Scherben da, das Mundwasser hatte alles rot gefärbt.

Der Geruch des Mundwassers und der des Heus, das, wie sie sofort festgestellt hatte, genauso roch wie zu Hause, wird sie lange Zeit nicht verlassen. Immer wenn die Erwachsenen auf die Italienfahrt der Kinder zu sprechen kommen, wird er auftauchen, und die Mutter wird die Diskussion mit immer demselben Satz beenden: »Und was hams mitbracht aus Italien? Nix, außer drei Kilo grüne Birn. De warn so hart, daß mas ned hat essn kenna. Mir hams de Sau gebm.«

Es stimmte. Keines der Kinder hat den Eltern etwas Schönes mitbringen können. Dazu hatten sie gar keine Gelegenheit. Sogar der, der sich am meisten getraut hat, der Dietrich, der Sohn des Brauereibesitzers, der stand zum Schluß mit leeren Händen da. Als einziger hatte er eine Flasche Chianti gekauft, eine bauchige, im Bastkorb. Bis zum Kirchhof ist sie gekommen. Als der Rucksack vom Dach des Busses geworfen wurde, fing er ihn mit einem entsetzten Schrei auf. Er konnte ihn nicht halten. Rot wie Blut lief der Wein aus dem Rucksack, sickerte in den Sand. Dietrich saß daneben und weinte.

Ein Film kommt in den Ort. »Johanna von Orleans« Er wird im Theatersaal gezeigt, und alle rennen sie hin.

Das Mädchen überlegt, wie es die Mutter überreden könnte, daß es auch hingehen darf. Die Mutter muß überzeugt werden, daß dieser Film wichtig für den Unterricht ist, da sie doch gerade vom Mississippi lernten, mit der Stadt New Orleans. Und das kommt doch von Orleans, nicht wahr? Die Mutter lächelt nur und läßt sie gehen.

»Die Jungfrau von Orleans« ist der erste Spielfilm, den sie sieht. Vom ersten Augenblick an findet sie Johanna wunderschön, ist sie mit hineingezogen in die Geschichte. Sie bewundert ihre Tapferkeit, ihren Glauben. Da sind die Männer, die ihr immer näherrücken, mit Blicken und Fragen sie bedrängen. Und dann ihr Tod.

Das Mädchen weint. Sein Gesicht ist heiß und aufgequollen von den salzigen Tränen.

Es weint die halbe Nacht, und noch Tage danach denkt es nur noch an diesen Film, sind diese Bilder wie eine große, brennende Wunde in ihr, draußen auf dem Feld, bei der Arbeit im Stall. Immer wieder taucht das Schlußbild vor ihm auf: Johanna steht auf dem Scheiterhaufen, sie ist an einen Pfahl gebunden. Die Flammen schlagen hoch, Johanna reckt ihren Körper, um ihnen auszuweichen, ihr schönes blasses Gesicht, ihre Augen dem Himmel zugewandt.

Wer ist diese Frau? War das Johanna? Hat man sie wirklich verbrannt, so, wie sie es im Film gesehen hat? Es kann nicht sein. Es kann nicht sein.

Wochen später sieht das Mädchen in einer Illustrierten die Jungfrau von Orleans wieder. Sie heißt Ingrid Bergman, sie ist verheiratet und lebt in Rom.

Das Lexikon. Von dem Buch ging ein Sog aus. Es war immer in ihrer Nähe, und in jeder freien Minute las sie darin. Seinetwegen lief die Milch auf dem Herd über, und seinetwegen vergaß sie am Abend den Hühnerstall abzuschließen. Endlich konnte sie anderes lesen als diese langweiligen Geschichten im Lesebuch.

Das Buch glich einer Essigmutter. So, wie man aus einem kleinen Stück der braunen, wabbeligen Masse literweise neuen Essig ansetzen konnte, so war es möglich, über ein einziges Wort, verfolgte man es von Pfeil zu Pfeil, mehr und mehr zu erfahren: Kerze, siehe Hefnerkerze, siehe Zündkerze, siehe Kerzenkaktus, siehe Cereus.

Der Lehrer hatte darauf bestanden, daß die Kinder dieses Lexikon bekamen. Es kostete zehn Mark, und die meisten Eltern fanden, daß nur er so eine größenwahnsinnige Idee haben konnte. »Als obs des brauchat, des wern doch koane Gschtudierten.«

Sie spielte mit dem Buch. Sie schlug es wahllos auf und las. Las, was ihr entgegenkam. Ein andermal suchte sie gezielt nach einem Wort. Wie freute sie sich, das wenige, das sie wußte, schwarz auf weiß gedruckt zu sehen.

Manches darin beschäftigte sie lange: Das Wort Zulukaffer, das unter der Abbildung eines Negers war. War es ein Druckfehler, daß statt dem g ein k da war?

Zwischen den Stichwörtern Schwalbennester und Schweden lag das Wort Schwangerschaft.

Es war die meist aufgeschlagene Seite bei den Mädchen. Wenn die linke Hand auf dem Buch lag, wußte jede schon von weitem, was die andere las.

Unter der Hand war die Abbildung eines Embryo nach der fünften, sechsten und zwölften Schwangerschaftswoche. Scheußlich sah er aus, wie ein dicker, fettgefressener Engerling.

Es stimmte also nicht, was eine Mitschülerin unter vorgehaltener Hand allen erzählt hatte: daß die ungeborenen Kinder wie nackte Tauben aussehen.

Wenn sich an den Abenden die Gäste unterhielten, las sie in ihrem Buch. Wieder einmal las sie und hörte mit halbem Ohr der Unterhaltung zu.

Sie redeten von der Montanunion, und daß ein gewisser Schuman den Schumanplan entworfen habe.

»Geh, hör mir doch mit dene auf. Die Franzosen wolln doch nichts arbatn, des sind doch faule Hund, die denken doch bloß ans Essen und ans Trinken«, sagte der Kapellmeister.

»Jawohl. Die wollen doch nur unsere Kohle und unseren Stahl, sonst gar nichts«, sagte ein anderer, der immer gut informiert war.

Sie suchte den Schuman. Sie fand ihn. Sie ging zu

den Männern, hielt ihnen die aufgeschlagene Seite mit dem Bild entgegen.

»Das ist er, der Schuman, so sieht er aus«, sagte sie stolz.

»Was, der is des?« Die Männer starrten auf das Porträt. »Der soll sich erst mal seine Haar abschneiden lassen, der Sauhammel. Der schaut ja aus, als kannt er net bis drei zähln. Und so oana möcht uns was vorschreibm...«

Sie ging wieder zurück, las den Text über Robert Schumann, ihr wurde heiß.

Sie betrachtete noch einmal das Bild. Robert Schumann hatte den Kopf in seine Hand gestützt, sein Blick war melancholisch in die Ferne gerichtet.

Das Krankenhaus auf der Anhöhe ist umgeben von alten Tannen. In stürmischen Nächten dringt ihr Rauschen in die umliegenden Häuser, und sie erzählen von den Kranken, den frisch Operierten, von den Nachtwachen der Nonnen. Manchmal weiß das Kind auch, daß dort ein Mensch im Sterben liegt. Wenn nachts im Operationssaal das Licht brennt, rätseln die Leute, wen sie wohl diesmal wieder operiert haben. Spätestens mittags wird man es wissen.

Nach der Messe am Morgen geht der Pfarrer mit einem Ministranten den Weg zum Krankenhaus. Wenn er die Stola trägt und seine Hände an der Brust mit dem bestickten Tuch bedeckt sind, weiß man, daß er den Kranken die Kommunion bringt. Der Ministrant läutet ab und zu das Glöcklein. Die Männer ziehen den Hut vom Kopf, und die Frauen und Kinder knien sich nieder und bekreuzigen sich.

Über viele Jahre hinweg bringt Eva an Weihnachten als Engel verkleidet den Kranken die Geschenke ans Bett und sagt dem Jesuskind in der Krippe ein Gedicht auf.

Die Nonnen spüren die Frömmigkeit des Kindes, und das Kind spürt das Interesse der Nonnen an ihr. Kaum hat sie die Schule verlassen, wird die Vierzehnjährige eingeladen in das Mutterhaus des Ordens, zur Einkleidung junger Novizinnen.

Die Mutter ist beunruhigt. Sie werden ihr doch das Kind nicht abspenstig machen. Hat sie nicht schon immer gesagt, daß das Kind Ähnlichkeiten mit Emilie, ihrer Schwester, hat? Und ist sie nicht manchmal genauso verschlossen wie sie?

Emilie ist ins Kloster gegangen, und dort ist sie gestorben. Sie war noch so jung. Sie war so kräftig, daß sie Zweizentnersäcke Getreide auf den Boden tragen konnte. Sie hat im Kloster tuberkulosekranke Nonnen gepflegt. Nicht mal weiße Kittel hatte man ihr bei der Krankenpflege erlaubt zu tragen, obwohl sie mit ihrer Aussteuer so viele mit ins Kloster gebracht hatte. Eitelkeit hatte man ihr vorgeworfen. Man hat den Nonnen die Brötchen aus den Krankenzimmern zu essen gegeben. Eines Tages war auch Tante Emilie an Tuberkulose erkrankt.

Blaß war die Mutter, als sie damals nach dem Besuch im Kloster aus dem Mietauto gestiegen ist. Trauer und Schmerz waren eingegraben in ihr Gesicht.

Man hatte ihr erlaubt, so nah am Tod, die Schwester zu besuchen. In den wenigen Minuten, die sie allein sein konnten, hatte ihr die Schwester mit schwacher Stimme erzählt, daß sie nachts, obwohl sie schweißüberströmt war, in der kalten Klosterkirche die Stundengebete erfüllen mußte.

Das letzte Foto von ihr, das eine Verwandte von ihr heimlich gemacht hatte, zeigt sie mit fiebrigen Augen und trübem Blick. Von Kissen gestützt, sitzt sie im Bett, das Sterbekreuz mit beiden Händen umklammert, wartet sie auf den Tod.

Wieder hatte die Mutter einen Menschen verloren, der ihr so nahestand. Wenn von Tante Emilie die Rede ist, kommen der Mutter die Tränen.

Sie verbietet dem Kind nicht, zu fahren. Sie kann ihre Bedenken nicht aussprechen. Es wäre auch ein lächerlicher, ein unfrommer Grund.

»Niemand darf sich verweigern, wenn Gott einen ruft«, sagen die Nonnen, und Eva hört in sich hinein. Wird er sie strafen, wenn sie seinen Ruf nicht hört, oder nicht hören will?

Sie sitzt zwischen den schwarzgekleideten Nonnen in der Basilika des Klosters. Von Orgelspiel begleitet ziehen die Novizinnen ein. Sie werfen sich an den Stufen des Altars auf den Boden. Dort liegen sie ausgestreckt. »Adsum.« Dann schreiten sie hinauf zum Altar. Weiß das Gewand, ein zartes Kränzchen über dem Schleier.

»Christus ist unser Bräutigam. Wir sind seine Braut. Wir wollen für immer ganz ihm gehören…« Mit hellen Stimmen sprechen sie das Gelübde.

Jetzt fällt ihr wieder die Geschichte ein, die ihr eine der Nonnen auf der Fahrt hierher erzählt hat.

Das Klosterleben sei mit Freude, aber auch mit Opfern verbunden, hatte man einer Novizin erklärt. Freude hatte sie täglich erfahren, Opfer waren noch nicht von ihr verlangt worden. Als am Tag der Einkleidung der Bischof der jungen Nonne die neue Haube feststeckte, drang die Stecknadel in ihre Kopfhaut. Das ist also das Opfer, dachte sie, jetzt mußt du leiden. Du wirst leiden für Christus. Sie ließ die Nadel im Fleisch, bis sie eiterte.

Nein, sagen die Nonnen, so muß man nicht leiden im Kloster.

Mittagessen im großen Saal. Die Bräute Christi sind eingerahmt von Vater und Mutter, ihren Geschwistern und Verwandten. Ein verklärtes, entrücktes Lächeln liegt auf den Gesichtern der jungen Frauen. Sie sind die Auserwählten, die Gott gerufen hat.

Nach dem Essen beginnt der Rundgang durch das Kloster. Das Kloster steht auf einem Berg und schaut mit seiner riesigen Front in die flache, niederbayrische Landschaft hinein. Das Kloster ist eine eigene Stadt. Brot wird gebacken und Bier gebraut. Am Südhang reift der Meßwein. In Gärten und Gewächshäusern werden Obst und Gemüse gezogen, und in den Ställen steht in langen Reihen das rotgescheckte Vieh mit glänzendem Fell, mit gewaschenen, gebürsteten Schwänzen.

Ehrfürchtig betritt sie mit ihren Begleiterinnen die Hostienbäckerei. Auf den schneeweißen Oblaten glänzen heilige Zeichen. Überall lächeln der Aspirantin süß die Nonnen entgegen. In der Schneiderei kann sie die Meßgewänder und Altartücher bewundern, die üppig und aufwendig, in geduldiger Arbeit gestickt werden.

Hier ist das Kreiskrankenhaus und da die Pflegestation für unsere alten Mitschwestern. Im Kloster kann man das lernen, was man will, sagen die Nonnen. Du kannst Lehrerin werden, auch Ärztinnen haben wir, oder Kindergärtnerin, was dir am meisten liegt.

Krankenschwester möchte sie sein, das ist schon lange ihr Wunsch. Hier könnte sie es werden.

Man ist auch im Alter gut versorgt und nicht allein. Sie gehen zur Pflegestation. Ein riesiger Krankensaal tut sich auf. Wächsern und starr liegen die greisen Nonnen in ihren Betten. Die jungen Schwestern, hier lächeln sie nicht.

Zu Hause wird sie von der Mutter mit unruhigen, forschenden Augen erwartet.

Wie war's? Schön war's.

»Sei wie das Veilchen im Moose, bescheiden, sittsam und rein, nicht wie die stolze Rose, die immer bewundert will sein.«

Mit blauer Tinte, verlaufen im fasrigen Papier der Nachkriegszeit, hat es ihr eine Schulfreundin in das Poesie-Album geschrieben. Dieser Spruch, ein Zeigefinger, sagt dem Kind, was es schon lange spürt:

Manchmal wird es von den anderen beneidet. Das tut auch ein bißchen weh.

Beneidet vielleicht der Kleider wegen, der Kappen, die sie trägt. Die Mutter hatte trotz der vielen Dinge um sich herum es immer wieder fertiggebracht, aus alten Kleidern neue, schöne schneidern zu lassen. Ein bunter Goller auf bescheidenem Blau, Paspolen an Taschen, Falten, aus denen es andersfarbig blitzte.

Fräulein Wiechert, Vertriebene aus Schlesien, demütig, begabt, saß eine Woche lang an der Nähmaschine, im Dunst der Küche am Fenster, brachte Hosen und Joppen der Männer wieder in tragbaren Zustand, griff erfreut die Wünsche der Mutter auf, legte Können und Phantasie in die Neuschöpfungen.

Die Kappen, von Modistinnen aus Böhmen gefertigt, die einem türkischen Fez glichen, mit Applikationen aus Filz, waren dem Kind lästig.

Einmal, am Karfreitag, als die Mutter das Mädchen mit in die Kirche genommen hatte, als es in der Bank allein gelassen zusah, wie sich die Mutter, Gebet um Gebet, auf den Knien auf dem kalten Pflasterboden vorwärtsschob, als sie endlich angekommen war am Kreuz, die Wundmale des Gekreuzigten küßte, da war es nicht mehr auszuhalten gewesen. Der Kappe und der Stille wegen. Immer wieder hatte es den Kopf in den Nacken gelegt, zu prüfen, wann diese schöne, lästige Kappe endlich vom Kopf rutschen würde.

Nie wird das Kind diesen eiskalten Nachmittag in der Kirche vergessen, auch nicht den Blick der Mutter, die, für kurze Zeit dem Wirtshaus entronnen, endlich den Durst ihrer Seele stillen konnte. Wie sie, den Blick nach vorne gerichtet, abwesend, entrückt, lautlos die Lippen bewegte. Wie es zum ersten Mal diese andere Seite der Mutter zu sehen bekam. Und daß es nicht wollte, daß die Mutter so innig, so ernst mit Gott redete.

Da hatte das Mädchen wieder mit diesen Kopfbewegungen begonnen, und trotz leiser Mahnungen nicht aufgehört, bis die Kappe endlich auf dem Boden lag. So hatte es die Mutter gezwungen, ihre Andacht zu beenden, die Kirche zu verlassen. Lange Zeit ist ihm das nicht mehr aus dem Kopf gegangen.

Großmutter. Sie war zuletzt allein auf dem Hof, die alte Frau mit den Eulenaugen.

Die Ställe leer, die Scheunen leer, kein Hühnergakkern auf dem Hof.

Eigensinnig war sie schon immer gewesen, das gehätschelte, eigensinnige Kind, das einzige und letzte, das geblieben war von neun.

So fuhren die Hochzeitswagen einige Tage lang, beladen mit Schränken, Kommoden, Truhen, Leinen, Geschirr und einem riesigen Korb voll kostbarer Gebetbücher.

Die Kinder fürchteten sich vor ihrer Mutter. Vergaß eines der Mädchen am Abend die Tür des Hühnerstalls zu verschließen, schleifte sie es an den Zöpfen über den Hof und ließ es die Nacht über nicht mehr ins Haus. Das Kind kauerte weinend und frierend in einer Hecke.

Dummheit, wie sie es nannte, war ihr verhaßt. Wenn eines der Kinder nicht rechnen konnte vor Angst, schlug sie im Rhythmus des Sprechens den Kopf des Kindes auf den Tisch, damit sich mit den dumpfen Schlägen die Verkrampfung löse.

Keiner wird so geboren. Was hatte sie so hart gemacht? Waren es die Schläge, die sie zu Beginn ihrer Ehe, nachts, von Ehemann und Schwiegervater heimlich erhielt? Weil man sie erst »abrichten« mußte mit dem Ochsenziemer, wie man später flüsternd erzählte. Weil sie so bockig gewesen war. Abrichten wie ein junges Pferd, das den Sattel verweigert, wie das Vieh, das den Wagen zu ziehen hat? Abrichten, gefügig machen, für wen und wofür?

Ihr Mann kehrte aus dem Ersten Weltkrieg zurück, mit einer Verwundung am Bein. Jahrelang floß Eiter aus der Wunde. Verzweifelt und unter Schmerzen arbeitete er. Ein Bauer, der nichts mehr leisten kann, ist wertlos wie ein lahmes Pferd. Mit zweiundvierzig Jahren nahm er sich das Leben.

Jetzt mußte sie, konnte sie nach ihren Vorstellungen den Hof führen. Sie hielt Knechte und Mägde im Zaum, handelte gute Preise aus für den Weizen, das Vieh und das Holz. Im Haus wurde gekocht und gebacken, die Feiertage festlich begangen, keine Schlampereien geduldet. Ihre Kinder schonte sie nicht.

Der zweite Mann, den sie sich später nahm, sollte nur ihre Einsamkeit teilen, sonst blieb alles beim alten. Auch er starb.

Wenn sie bei ihrer Tochter, der Mutter des Mädchens, vorbeischaute, kam mit ihr die Inquisition ins Haus. Nur der Großvater mit seinem Charme konnte das Eis ihres frostigen Panzers erweichen. Sie lachte und konterte mit blitzenden Augen. Geistreich war sie und um keine Antwort verlegen. Das Kind atmete auf. Der Dämon hatte sein anderes Gesicht gezeigt.

Jahrelang war sie allein. Als sie um die Siebzig war, gab sie den Bitten eines jungen Schäfers nach, ihm doch die Stallungen zu überlassen, den Winter über, bis er wieder weiterziehen mußte, Ende März.

Brauchte er nicht auch ein Bett und warmes Wasser, Essen, das ihn wärmte, nach einem kalten Tag im Freien?

Bald war es wieder wie früher: Das Fleisch für die Suppe konnte nicht gut genug sein, im Blaukraut keine Nelke zuviel, die Kartoffeln nicht zu weich, Nüsse, Brot und Äpfel für danach.

Und wer wollte sie hindern, einen dunkellockigen jungen Mann zu verwöhnen?

So ging sie an den Wintertagen abends vor die Tür und lauschte. Am Laut der Schafe konnte sie erkennen, wie weit er noch entfernt war. Dann ging sie zurück ins Haus und bereitete das Essen für ihren neuen Sohn, denn ihre Söhne waren im Krieg gefallen.

»Wenn sie zu uns nur einmal so gewesen wäre«, sagte die Tochter wehmütig, der Himmel auf Erden wäre es gewesen. Wir kannten nur Angst. Aber an diesem jungen Schäfer scheint sie einen Narren gefressen zu haben.«

Eines Tages wurde die Großmutter krank, und das Mädchen wurde zu ihr geschickt, sie zu betreuen. Sie ließ sich in die Stube betten, um von da aus alles überwachen zu können.

»Geh raus und komm zurück!« befahl sie dem Mädchen. »Ist hier drinnen schlechte Luft, riecht es nach Krankheit? Öffne die Fenster! Reich mir die Bürste! Sitzt das Samtband gut? Und jetzt die Flasche mit Lavendel!«

Der strenge, wilde Duft fällt nieder, auf ihren Körper, auf das Bett.

»Geh vor die Tür. Wenn du die Schafe hörst, fang mit dem Essen an. Ist genügend warmes Wasser da, die Seife und ein frisches Handtuch? Bring seine Hausschuhe aus dem Flur und stell sie an den Ofen. Und jetzt geh raus und frag ihn, wie es war.«

Das Mädchen ging vor das Haus. Kälte schlug ihr entgegen. Das Licht des Mondes leuchtete über dem Schnee. Die Nacht war weit und ruhig. Über den Hügel bewegte sich ein breites, dunkles Band auf den Hof zu, begleitet vom Blöken der Schafe, das einem

Kanon glich. Bald war auch die Gestalt des Schäfers zu erkennen und die Hunde, die vor- und zurückliefen, die Herde zusammenzuhalten. Sobald er den Hof betrat, ging sie ihm entgegen. Manchmal war er eingerahmt von Schnee. Wenn der Mond am Himmel stand, konnte sie sein Gesicht ganz deutlich sehen, sein Lachen mit den weißen Zähnen im geröteten Gesicht, seinen Blick aus dunklen Augen, mit dem er sie eine Ewigkeit ansah. Und während er erzählte, klagte, daß bei dem tiefen Schnee die Schafe kaum noch Futter finden, tänzelten vor ihnen die Hunde, füllte sich um sie herum der Hof mit Schafen.

Manchmal aber war seine Antwort ein Griff in die große Tasche, die er umgehängt hatte, hob vorsichtig ein frischgeborenes, zittriges Lamm heraus, hielt es ihr strahlend entgegen. Zögernd nahm sie es. Der pulsierende, warme Körper lag in ihren Händen. Schnell gab sie es wieder zurück, sah ihn nicht an dabei.

Schafe und Hunde waren versorgt. Langsam, bedächtig betrat er die Küche. Noch sind seine Augen auf Dunkelheit eingestellt. Das Mädchen schüttet warmes Wasser in die Schüssel, und, während er sich wäscht, wendet sie sich dem Herd zu.

Sie bringt die Suppe an den Tisch. Das Ticken der Uhr begleitet das wortlose Hantieren in der Stille. Wenn es nur lange so bliebe. Denn das Schweigen weiß alles und behütet es.

In den Räumen des Exerzitienhauses staut sich der Geruch von Malventee, Vierfruchtmarmelade, von Buße und Stille.

Eine dumpfe, schwere Wolke drückt auf ihre Seele: Sünde und Schuld. Seit sie denken kann, trägt sie Schuld. Immer hat man ihr gesagt, daß auch sie Schuld hat am Tod Jesu und daß bei jeder Sünde Jesus erneut ans Kreuz geschlagen wird.

Sie haben diese Sätze von der Kanzel aus über die Menschen geschüttet, sie blieben haften, senkten sich in das Herz des Kindes. Sie war verzweifelt. Ich habe doch nichts getan, ich war doch nicht dabei, ich wollte doch nicht, daß er starb. Und trotzdem hatte sie Schuld. Mit der Schuld wächst die Angst und mit ihr die Unfreiheit.

Reinheit. Ob sie jemals so rein sein kann wie die Jungfrau Maria? Oder wie Maria Goretti, das Mädchen, das in den Sümpfen Italiens ermordet wurde, weil sie dem Verlangen eines jungen Mannes nicht nachgegeben hat?

Auf den Gesichtern der Bauernmädchen liegt Zufriedenheit, wenn sie die gleichmäßig geschnittenen Brotscheiben mit Streichkäse beschmieren, roten Malventee trinken. Wie gut es ihnen hier geht. Sie dürfen jetzt, im Januar, einige Tage lang in einem warmen Haus an einem gedeckten Tisch sitzen, sie dürfen in einem warmen, sauberen Zimmer schlafen, in dem ein Kruzifix hängt, eine geschnitzte, dünnleibige Madonna, ein Weihwasserkessel an der Tür.

Jetzt warten sie im düster beleuchteten Flur, bis sie, eine nach der anderen eintreten können, zum

»geistlichen Gespräch« mit dem Exerzitienmeister. Unruhig sind ihre Augen auf die Tür gerichtet.

Auch sie ist unruhig. Was wird er sie fragen? Es wird doch nicht eine Beichte sein von Angesicht zu Angesicht, ohne das schützende Dämmerlicht der Kirche, ohne das Gitter des Beichtstuhls?

Sie sitzt vor seinem Schreibtisch. Ein stämmiger, robuster Mann ist er, das schwarze Gewand umspannt seinen Leib. Im vollen Gesicht neugierige, direkte Augen. Er hat nichts von einem Priester, er ist auch nicht so elegant, so aufrecht wie der Pater, der in ihrem Ort die Jugend betreut.

Wie heißt du? Aus welcher Pfarrei kommst du? Ah, das ist schön, daß aus Painting auch jemand kommt. Schnell ist das Anliegen eingekreist: Keusch sein und rein bleiben. Den Trieben des Körpers widerstehen, dem schmutzigen Verlangen der jungen Burschen nicht nachgeben.

Vor ihren Augen tauchen die Männer aus der Gaststube auf. Sie hört zwar viel, aber das, was er meint... nein, soweit geht es nicht.

Wie alt bist du? Hast du schon deine Regel?

Es durchfährt sie heiß. Das hat sie noch niemand gefragt, nicht mal die Mutter. Sie spürt, wie ihr die Röte ins Gesicht steigt, und sie weiß nicht, wohin sie schauen soll.

Wenn das Blut eintrocknet, wenn es verkrustet an den Haaren klebt, wenn du daran ziehst und zupfst, was spürst du da? Spürst du dann Lust? Bist du erregt dabei?

Wie kommt er nur darauf? Lästig ist es, furchtbar, wenn sie auf dem Feld arbeitet, stundenlang nicht nach Hause kann. Dieser brennende Schmerz, wenn sie wundgerieben ist von den rauhen, breiten Binden. Immer weiterarbeiten wie ein Pferd und so tun, als wäre nichts.

Er ist ihr so nah. Er hat sie entblößt mit seinen Fragen, mit seinen schnellen, direkten Augen.

Du mußt dich sauberhalten, mußt dich waschen, damit du nicht in Versuchung kommst. Du mußt rein bleiben!

Sie nickt und weiß nicht, wohin sie schauen soll.

Du bist ein anständiges Mädchen. Er greift in die Schublade, holt ein schmales Buch heraus, schreibt etwas hinein.

Im Zimmer, auf dem Bett sitzend, öffnet sie das Buch: Das Neue Testament. Darin die Widmung: Bleib gut! Dein Jugendpfarrer Anton Moser.

Am Sonntag brechen die jungen Burschen herein, immer auf der Suche nach einem Wirtshaus, wo ein junges Mädchen heranwächst.

Übermut und Verlangen schäumt aus ihren Augen, doch ihr Begehren findet keine Worte. So müssen Schikanen und Zoten das Mädchen treffen. Jeder will ihre Aufmerksamkeit, keinem darf sie gehören.

Sie saufen um die Wette. Einer nach dem anderen leert das Glas, so muß sie oft an ihren Tisch. Bring mir Zigaretten, bring mir Brezen, sie verschütten das Bier und lachen dazu.

Das rote Kleid aus Zellstoff legt sich an ihren Körper wie eine zweite Haut. Sie fühlt sich nackt und ausgesetzt.

Die langen, dünnen Arme, die langen, dünnen Beine, wohin damit?

Der Rumpf ist kurz im zu klein gewordenen Kleid. Die Taille ist schon hochgerutscht, die Knie sichtbar. Diesen Sommer taugt es noch, nächstes Jahr kriegst du ein neues.

Nicht nächstes Jahr, jetzt braucht sie es, jetzt, morgen schon, sofort.

Hat die Mutter vergessen, wie es ist? Die kleine Schwellung an den Brüsten... Verborgen soll es bleiben, geschützt, nur ihr allein gehören. Aber jeder kann es sehen durch dieses Kleid, darf es begaffen und bereden. Die Männer tun es jeden Sonntag.

»Da schau her, der Busen wachst ihr a scho, werd höchste Zeit, daß da was hiwachst.«

Noch ein Spiel und noch ein Spiel. Eine Gruppe fanatischer Kegler ist noch geblieben, darunter der Vater.

»Die paar hier«, sagte er, »die kann ich leicht selbst bedienen. Du gehst jetzt raus und stellst Kegel auf.«

Ihr leiser Protest verstummte, als sie sein Gesicht sah. Fünfzehn Stunden war sie bereits auf den Beinen gewesen, sie war am Ende ihrer Kräfte. Jetzt sollte sie auch noch... wie kann er sie zwingen... sie vor den anderen so demütigen?

Noch ein Spiel und noch ein Spiel. Der Rauch brennt in ihren Augen, das Gesicht ist angeschwollen vom Bücken, ihr Kreuz bricht auseinander.

»Hört auf, ich kann nicht mehr«, schreit sie verzweifelt.

»Wir habens gleich, noch ein Revanchespiel, der Hutter hat sein Geld verspielt...«

Sie spielen weiter, tricksen sie aus. Aber sie kennt

die Regel des Spiels. Neunzehn Meter trennen sie von den Männern, die im Spielrausch alles vergessen. Ein Kind ist ein Kind, und ein Spiel ist ein Spiel. Verlieren, gewinnen, alles ist Lust. Wen kümmern Verzweiflung und Schmerz.

»Ich kann nicht mehr, hört auf.« Sie schreit, sie weint. Tränen fallen auf grauen, staubigen Asphalt, benetzen die Kugeln.

Der Morgen dämmert schon, die Kraft der Kegler schwindet. Der Vater hat das Geld verspielt, das sie den ganzen Tag erlaufen hat.

Lange Zeit war das Wort Rußland verbunden mit einer weinenden Mutter um ihre Brüder, die gefallen waren vor Moskau, in Stalingrad. Rußland war auch ein vor Kälte erstarrtes Land. Wenn bei uns schon die Kastanienbäume erfrieren, wie mußte es erst dort sein, im Winter.

Später war Rußland ein Mönch, bärtig, im schwarzen Gewand, verbannt von irgendwoher in ein niederbayerisches Kloster, wegen Veruntreuung von Kirchengütern, so hieß es.

Am Nachmittag, wenn die Bauern unter sengender Hitze das Getreide einfuhren, kam er. Jetzt war er sicher, daß er ungestört sein würde. Trank in der kühlen Gaststube schweigend sein Bier und den Kognak, verfolgte gelassen ihre Arbeit.

Wenn er angekommen war, dort, wo er herkam, sagte er: Komm her, ich erzähl dir von Rußland.

Dann kam das, was sie längst wußte, viele Male schon von ihm gehört hatte: Auch bei uns ist es heiß, die Getreidefelder sind größer als hier, unüberschaubar. Seine Arme beschreiben im Bogen die Weite, die Finger deuten die Ferne an. Bei uns gibt es große Flüsse mit breiten Ufern und schnellziehendem Wasser. In den Wäldern gibt es Wölfe und Bären. Wenn der Schnee hoch liegt und starker Frost alles zufriert, treibt sie der Hunger in die Nähe der Menschen. Im Winter schlafen wir auf dem Ofen und gehen nur, wenn es sein muß, hinaus in die Kälte. Rußland ist schön.

Ich werde dir alles zeigen.

Du wirst mit mir auf einem russischen Ofen liegen, schön warm. Und dann wirst du im Samowar Tee für uns kochen.

Du mußt meine Frau werden, sagte er energisch, entschlossen, zog sie zu sich heran, legte die Hand um ihre Hüfte.

Sie sah seine Lippen, weicher und voller und röter als die einer Frau. Sie leuchteten aus dem Wald seines Bartes wie Himbeeren, auf die Sonnenlicht fällt.

Gehorsam lehnte sie an seiner Schulter, wagte nicht, seine Träume zu zerstören, lächelte schüchtern in sein verklärtes Gesicht und wand sich allmählich aus seiner Umarmung.

Nie reichte das Geld, um wenigstens im Rausch die Sehnsucht zu töten. Trotzdem bekam er von den Wirtsleuten immer, wonach er verlangte.

Als er starb, sagte die Mutter: »Wieder einer gestorben mit Schulden. Geh zu seiner Beerdigung, es werden nicht viele dabeisein.«

Ja, in den Augen der Mutter war es jeder wert, daß man ihn auf seinem letzten Weg begleitete, und es war auch klar, daß von jetzt an das Mädchen dies tun sollte.

An diesem Tag raste sie am Vormittag vom Feld nach Hause, wusch sich, zog sich das dunkle Kostüm an, eilte zum Friedhof.

Als sie nach Hause kam, hatten die anderen meist ihre Brotzeit gegessen, warteten sie schon auf sie. Jeder brauchte sie. Der Großvater zum Wagenschmieren oder Messerschleifen, die Mutter zum Kochen. Sie war ja nur auf der Beerdigung gewesen. Sie sagte nicht, daß es sie schmerzte, wenn die Trauernden weinten, und daß sie auch diesmal wieder erschrokken war über das gelbe, wächserne Gesicht des Toten. Die Nase, ein spitzer, dürrer Schnabel mit zwei dunklen Löchern darin ragte nach oben. Sie hatte Weihwasser auf den Toten gesprengt, das sich für einen kurzen Moment wie Regen anhörte, als es die Papiermanschette traf. Sie hatte den Kerzengeruch und Blumenduft, den Weihrauch eingeatmet, der im Leichenhaus immer nach Tod und Verwesung roch. Sie hatte am offenen Grab gestanden und auf den Sarg in der Tiefe drei Schäufelchen Erde geworfen. Sie hatte wieder das »Dies irae, dies illa«, das die alten Chorfrauen mit brüchiger Stimme sangen, gehört, und sie hatte sich wieder gefürchtet vor dem Tag der Rache. Gefürchtet, daß sie nicht bestehen würde vor den Augen des Richters, der ihr Gott war. Ein Tag der Freude würde der Tag des Gerichts nicht für sie sein. Immer hatte sie das Gefühl, daß es nicht ausreichte, was sie tat, daß sie daran Schuld hatte, wie es bei ihnen zu Hause war.

Das Mädchen wächst heran und schämt sich. Mit jedem Jahr schämt es sich mehr.

Sie versteckt sich, wenn der Vertreter in den Hof fährt. Sie will nicht gesehen werden inmitten der ungewaschenen Gläser, die während der Erntezeit immer länger stehen bleiben.

Sie schämt sich der Kleiderberge auf der hinteren Treppe des Flurs, die sich in den Ernte- und Herbstmonaten ansammeln, über die der Zählerableser steigen muß.

Sie erschrickt, wenn der Mann vom Gewerbeaufsichtsamt im Flur steht und sagt, daß er die Schankanlage überprüfen will.

Sie schämt sich, wenn in langen Kegelnächten der Kognak, das Zwetschgenwasser, der Steinhäger ausgehen, wenn die Männer fragen: Ja, was habt ihr denn überhaupt noch?

In den Boden hinein könnte sie versinken, wenn die Kartenspieler schon zum zweiten Mal die Karten fluchend zusammenwerfen, weil wieder eine Karte im Spiel fehlt. Dann reißt sie schnell ein neues Paket auf und gibt ihnen frische, glänzende Karten. Sie reißt viele neue Pakete auf an den Sonntagnachmittagen, bis sich im Laufe der Zeit ein Berg unvollkommener Kartenspiele angesammelt hat.

Jeden Tag spielen sie dieses Hase-und-Igel-Spiel. Wann immer sie aufstehen, wo immer sie hingehen, was immer sie anpacken, immer sind sie zu spät dran, ob am Morgen auf dem Feld, oder am Abend in der Gastwirtschaft. Sie hecheln der Arbeit hinterher. Immer ist sie vor ihnen da, immer ist schon einer da, wenn sie keuchend ankommen. Noch bevor sie es geschafft haben, den Schmutz der letzten Nacht auszuräumen, die Kegelbahn gebohnert, daß sich die Kegel darin spiegeln, die Toiletten geputzt, die Holzfußböden mit Seifenlauge geschrubbt, daß die Bretter hell leuchten, sind die nächsten Gäste schon da und verlangen Aufmerksamkeit. Viele von ihnen werden den Fußabstreifer ignorieren und ihre Zigarettenkippe auf dem Boden mit den Füßen zerreiben. Aber wenn sie ihr eigenes Haus betreten, werden sie die Schuhe ausziehen.

Die Lehrer des Gymnasiums wollen sich einen vergnüglichen Abend machen, und die Wirtsleute müssen so tun, als wäre er es auch für sie.

»Man erkennt sich am Stallgeruch«, die Frau des Studienrats benetzt mit flinker Zunge ihre vollen, roten Lippen, zwinkert einem Freund zu.

Was meinte sie damit? Roch sie etwa nach Stall?

Stallgeruch war Stallgeruch, war Kuhscheiße, dampfend oder erkaltet, vermischt mit Stroh, das anfangs noch nach Sommer roch. Die Ausdünstung der Tiere kam hinzu, der etwas süßliche Geruch ihres Speichels, das Dumpfe ihres staubigen Fells, das auf den Fingern einen grauen, schmierigen Film hinterließ, wenn man sie hinter den Hörnern kraulte.

Im Sommer roch es anders als im Winter. Der frisch gemähte Klee brachte für kurze Zeit Kühle in den Stall, während im Winter das Heu den vergangenen Sommer in sich trug; und das die Kühe weniger gierig hinunterschlangen.

Wie sie es haßte, an heißen Sommerabenden den Stall auszumisten. Den schweren Mist auf die Karre zu gabeln und hinaus auf den Misthaufen zu fahren. Der heiße, scharfe Geruch, der in die Nase stieg und sich an ihrem Körper festsetzte.

Im Winter war es anders. Sobald die Tür nur einen kleinen Spalt geöffnet wurde, strömte Dampf hinaus in die Kälte, warmer, feuchter Nebel kam einem entgegen. Leib an Leib lagen die Kühe da, wiederkäuend, mit ruhigen, satten Augen, und der Raum war ausgefüllt mit warmem Rindergeruch.

Manchmal ging sie von der Gaststube aus zu ihnen in den Stall, um die Ruhe und Friedlichkeit aufzunehmen, die von ihnen ausging.

Der Geruch im Schweinestall dagegen war beißend. Wenn man keine Zeit gehabt hatte, die Ställe zu misten, lagen die Schweine auf kaltem, urindurchtränktem Stroh und schliefen. Die Mutter konnte das nicht sehen, und bevor sie nach dem Füttern den Stall verließ, warf sie in jede Box noch schnell ein Büschel Stroh, dorthin, wo eine freie Stelle war.

Wie schön es bei den Pferden war, wie rein ihr Duft. Nicht diese nassen, schweren Fladen, zertrampelt und breitgetreten, breitgeschmiert an Hinterläufen. Ein trockenes Lager hatten sie. Nie hätte sich ein Pferd in warmen Pferdemist gelegt.

Das Roßhaar. Sie ließ es immer wieder durch die Finger gleiten. Die Nüstern, weich und grau, mit ihrem ganz spezifischen Geruch.

Nach einem harten Tag das Tränken: den Eimer auf das Knie gestützt, der Kopf am Hals des Tieres, das Glucksen des Wassers wie in einer Höhle. Vergessen alles.

Juli. Es glühen die Menschen, die Pferde, das Heu.

Die Mutter steht auf dem Heuwagen, sie schichtet die Bauschen, die hochgestapelt werden von den Männern, zu einer Fuhre. Das Mädchen folgt mit einem großen Rechen.

Schwarzes, stinkendes Bremsenöl klebt an den Pferden, der Schweiß der Männer riecht säuerlich, und der Vater ist wieder ein vergifteter Aff.

Er gabelt das Heu hinauf, zur Luke unter das Dach. Feiner Staub rieselt nieder, trockene Blätter fallen in sein Gesicht, bleiben kleben am schwitzenden Körper, setzen sich am Hosenbund fest.

Es knistert. Es knistert unter dem Dach des Heubodens, es knistert im Haus, bei der Brotzeit mit Bier.

Aufladen, abladen, schnell noch eine Fuhre.

Das Mädchen hört die Pferde wiehern. Von der Luke aus sieht sie hinunter. Der Vater brennt. Die Peitsche saust auf die Pferde nieder. Fluchend peitscht er sie vorwärts, reißt sie zurück, immer wieder, weil sie nicht stillstehen beim Abwehren der Bremsen und Fliegen, die sie in ihre Haut stechen und sich in den Ohren verkriechen.

Er steigt wieder auf den Wagen, und jetzt brennt auch sie. Schreien möchte sie, ihm die Gabel hineinstoßen. Aufspießen möchte sie ihn, diesen Hund, diesen Quäler. Aber sie darf nicht brennen, sie darf ihn nicht aufspießen. Sie wird ganz ruhig sein, wird seinem Blick ausweichen, wenn er die Bauschen hochstemmt.

Sie nimmt die Bauschen entgegen und schiebt sie nach hinten, schiebt sie hinauf unter das Dach, wo die Mutter und der Großvater, die Schwester es festtreten, zwischen die Balken stopfen.

Als sie den Bauschen nicht schnell genug von der Luke nimmt, schiebt er ihn mit einem zornigen, kräftigen Ruck nach, an ihre Füße.

Die giftig brennenden Zinken der Gabel am nackten Fuß lassen sie aufschreien.

»Sag nichts«, flüstert die Mutter, »du weißt, wie er ist.«

Es glüht unter dem Dach des Heubodens, unter der sich stauenden Hitze, die den Atem niederhält.

Zerspringen möchte alles. Zerspringen das Herz, das in dumpfen Schlägen am Hals pocht, der Schädel mit dem Sausen darin.

Der Metzger bringt am Abend den Schießapparat. Er drückt dem Mädchen die abgegriffene Aktentasche in die Hand. »Da, paß auf, daß nichts passiert.«

»Hast an Pfeffer, an Piment, an Majoran, Nelken, an Muskat dahoam?«

Hatten sie alles? »Ja«, sagt die Mutter, »alles ist da, brauchst nichts kaufen.«

Wenn sie am Morgen das schreiende Schwein aus dem Stall über den Hof treiben, bleibt sie in der Küche und hält sich die Ohren zu.

Sie tröstet sich, daß das Schwein zuerst einen Schuß ins Gehirn bekommt, dann erst den Stich in die Halsschlagader.

Keiner zwingt sie, das Blut zu rühren. Eines der wenigen Dinge, die sie verweigern darf.

Wenn das Schwein überbrüht wird, bringt sie die Eimer mit heißem Wasser, ohne hinzuschauen. Erst wenn es von den Borsten befreit am Galgen hängt, aufgeklappt in zwei Hälften, atmet sie zum ersten Mal auf, die Beklemmung noch immer im Körper.

Das Fleisch für die Würste, den Preßsack, kommt in den Kessel.

Wenn es dampfend und aufgequollen herauskommt, versammeln sich alle um den blankgescheuerten Tisch.

Der Metzger schneidet mit scharfem Messer und geübtem Griff die besten Stücke ab, streut Salz und Pfeffer darüber, ein Stück Brot dazu. »Da, Everl, iß«, sagt er, »das Kopffleisch ist das beste.«

Jetzt, und nach einem Bier, ist auch der Metzger gelöst, kommt er in Fahrt. »Komm her, jetzt machma de Würst.«

Natürlich fehlen wieder Gewürze und Faden, sie rennt los, die Dinge zu kaufen.

Er greift in die Schüssel mit Blut, taucht ein bis zum Ellbogen, vermischt die Fleisch- und Speckwürfel, die Gewürze, das Salz.

»Sind'S vorsichtig mit dem Salz«, bittet die Mutter, »versalzen ist schnell was.« Sie hat ihre Erfahrung mit ihm.

Er zieht die blutige Hand durch den Mund und sagt: »No a Pries Majoran, an Pfeffer, dann stimmts.«

An seinen rotblond behaarten Armen perlt das Blut, dazwischen sitzen die schwarzen Punkte, der Majoran. Die Mutter wendet sich ab mit einem angeekelten, fast schmerzhaften Blick.

Am Abend kommen die Taglöhner und die Schneiderin mit Kannen und Töpfen, die Mutter füllt sie mit Suppe und Würsten.

Sie können ihr Gefängnis nicht verlassen.

Träume entstehen, Sehnsüchte. Sie wissen, daß es noch etwas anderes gibt. Dieses aber ist nicht für sie.

Das andere wird sichtbar in den Zeichnungen des Vaters, in den Waldsträußen, die er im Frühjahr und Herbst nach Hause bringt, in dicken Margeritensträußen von der Wiese, in Klatschmohn und blauen Kornblumen, die er, die Schuhe noch mit Erdklumpen bedeckt, von der hinteren Haustür aus in den Flur legt. Man spürt es, wenn er seiner Frau im Herbst die Hände entgegenhält und ihren Zustand beklagt. Man hört die Sehnsucht aus den Liedern, die er mit seiner schönen, klaren Stimme anstimmt, wenn die Gaststube birst vor Männern. Daß er von anderen Dingen träumt, das weiß sogar das Kind.

Die Mutter hat sie auch, die Sehnsucht. Sie sehnt sich nach der Ordnung der Dinge. Die Nacht soll Nacht und der Tag Tag sein. Sehnsucht nach einem Sonntagnachmittag in einem warmen Zimmer, um die Wäsche ausbessern zu können, die in Stößen herumliegt. Sie könnte häkeln und sticken und Beeren einkochen. Hunger nach Lesen, nach Wissen. Staunen, was es alles gibt.

Sie zeigt dem Kind schon bald die Uhr, und bei den ersten Schreibversuchen würde die Mutter am liebsten die Häkchen selbst machen. Manchmal schaut sie dem Kind über die Schulter, und dann fällt ihr »John Maynard« ein, ein Gedicht, das sie in der Schule hat lernen müssen. Da ist auch sie wieder ein Kind und vergißt sich. »John Maynard war unser Steuermann, aus hielt er, bis er das Ufer gewann, er hat uns gerettet, er trägt die Kron', er starb für uns, unsere Liebe sein Lohn.«

»Ich hab mich leicht getan beim Lernen«, sagt sie gedankenverloren. »Ich hab' alle Gedichte schnell gelernt. Wenn wir nur mehr Zeit gehabt hätten … es ist alles so interessant auf der Welt.«

Die Sehnsucht des Kindes hat schon früh ihre langen, feinen Fühler ausgestreckt. Sechs Jahre war es alt, als in das Nachbarhaus Flüchtlinge einzogen. Der Tierarzt und seine Frau. Sie kamen aus Böhmen.

Sie waren in allem ein ungleiches Paar. Die Frau überragte ihren Mann, der einen gedrungenen Körper hatte, um gut einen Kopf.

Selten war ihm ein Lächeln abzuringen, schon gar nicht ein Wort zuviel. Sein Gesicht war verschlossen und sein Blick nachdenklich zu Boden gesenkt.

Seine Frau dagegen, augenzwinkernd charmant und gern etwas spitzzüngig plaudernd, hatte sich ganz auf seine Eigenheiten eingestellt.

Wenn Frau Doktor das Fleisch einkaufte, erschrak die Metzgersfrau bis in das Mark hinein, denn sie war gewohnt, ein Kilo fettes Fleisch, die Knochen gut versteckt, auf die Waage zu werfen.

Der Tierarzt war geschmäcklerisch und penibel. Darunter litt nicht nur seine Frau, sondern alle, die mit ihm zu tun hatten.

Die Bauern fürchteten seine scharfen, zynischen Zurechtweisungen, die er ihnen wie kalte Lappen um die Ohren schlug, wenn sie ihn zu spät geholt hatten oder wenn er einen besonders schmutzigen Stall vorfand. Eines war sicher: Konnte er die Kuh nicht retten, brauchte man auch keinen Rosenkranz mehr zu beten.

Beim Operieren im Stall, das manchmal Stunden dauerte, war es gespenstisch still. Die Bauersleute standen schweigend bereit, das kochende Wasser zu holen. Seine Frau, die ihm assistierte, ließ die verbalen Auswüchse seiner Anspannung mit leichtem Zucken um ihren Mund über sich ergehen.

Manchmal entwischte das Kind dem täglichen Chaos, betrat ehrfürchtig und leise die Wohnung der Fremden, wo es sauber war und alles seinen Platz hatte.

Frau Doktor schnitt dem Mädchen die Fingernägel, brachte ihm das Sticken bei und sagte ihm manches Wort in Hochdeutsch. Ehrfürchtig aß das Kind böhmische Mehlspeisen, und daß Frau Doktor die eigene Mutter mit »Sie« anredete, rückte alles mitsamt der weißhaarigen, uralten Mutter in eine noch fernere, ihr fremde Welt.

Herr Doktor nahm das Mädchen in seinem buckligen Opel, dessen Seitenfenster fehlten, mit in die kleinen Dörfer. Die Bäume der Landstraße glitten vorüber, einer nach dem anderen, und das Dorf war viel zu schnell erreicht. Eisig kalt war es, und das Warten im Auto dauerte endlos. Aber von ihm mitgenommen zu werden und die Fahrt in einem Auto, welch ein Erlebnis.

Wenn der Tierarzt nach Hause kam, müde und nachdenklich, rückte alles zur Seite. Das Kind erlebte ihn mäkelnd bei Tisch, wie er die Suppe, das Fleisch kritisierte.

»Aber Ferdinand«, sagte seine Frau, »ich habe es wie immer gemacht, so, wie du es magst.«

Später, wenn er bei den Wirtsleuten das Fleisch zu beschauen hatte, konnte die Anwesenheit des Mädchens ihn aus seinem Grübeln reißen. Er zwickte sie wie immer in die Wange, dort, wo das Grübchen saß, und gab ihr noch einen Klaps drauf.

»Meine Liebe ist verwirkt in einen Tibetteppich...«, diese Zeilen gehen ihr nicht mehr aus dem Kopf.

»Geh, bring mir no a Halbe, sitz di her da, dua net so gschami, bist a nix Bessers.«

Aus den Mündern steigt der saure, ätzende Dampf wie aus Jauchegruben. Sie ist umgeben vom Dunst des Alkohols, ob er aus dem Faß kommt oder verschüttet über Tische und Bänke, in Putzlumpen verdunstet, in Gespienem in den Toiletten, abgestanden am nächsten Tag in Gläsern und Flaschen.

Nein, was Besseres ist sie nicht, aber dies hier ist leichter zu ertragen, wenn sie das andere denken, sich an das andere klammern kann.

Das andere, das sind Gedichte von einem blauen Klavier und daß nachts Fische in das Zimmer fliegen, Heringe.

Das andere, das ist auch der Junge aus dem Internat, den sie beim Theaterspielen kennengelernt hat. Er ist ebenso einsam wie sie, und er läßt nicht mehr von ihr, seit er sie gesehen hat. Tagsüber hat sie keine Zeit für ihn, also bleiben ihnen nur die Stunden zwischen Mitternacht und Morgen.

Vielleicht wartet er auch heute wieder im Dunkeln, während sie hin- und herrennt zwischen Gaststube und Kegelbahn. Fluchend wird er zuschauen, wie sie nicht genug bekommen von ihr und dem Bier.

Auch sie sehnt ihn herbei, je länger die Nacht in der Gaststube dauert. Zugleich aber hat sie Angst. Angst, daß ihn einer der Burschen sieht, vor allem dann, wenn er hochklettert zum Fenster, nachdem alle gegangen sind, das Licht auch in ihrem Zimmer erloschen ist.

Keiner würde ihnen das mit den Gedichten glauben, auch nicht, daß sie wie Bruder und Schwester beieinander liegen, leise miteinander reden.

Sie, die keinen bevorzugen darf, von ihr würden sie nur noch das eine sagen und dabei dreckig grinsen. Manch einer würde es als sein gutes Recht ansehen, sich noch mehr Unverschämtheiten herauszunehmen, seinen gekränkten Stolz zu rächen. Und die Stillen, die Träumer, die ihr so wohlgesonnen sind, sie könnten es nicht verstehen, wären furchtbar enttäuscht von ihr.

»Sind das alle deine Bücher?« hatte er entsetzt gesagt, kaum daß er zum ersten Mal in ihrem Zimmer stand. »Alles Mist.« Dabei war sie so stolz auf das Bücherregal, das sie den Eltern abgerungen hatte. Sicher, es war fast leer, aber die Bücher, die sie vom Pater geschenkt bekommen hatte, die sollten Mist sein?

Und dann zieht er aus seiner karierten Jacke Bücher, setzt sich zu ihr ans Bett und liest ihr vor. Achte auf den Rhythmus. Dieses Wort hier bringt die ganze Spannung, und hier, die Wiederholung.

Alles ist neu und wunderbar, manchmal auch verrückt. Alles ist anders mit ihm. Auch wie er mit ihr spricht. Seine Worte sind zärtlich und schmerzlich zugleich. Wie gut, daß es dunkel ist.

Sie fällt zurück, versinkt in kurzen Schlaf, schreckt hoch und ist erstaunt, daß er neben ihr liegt.

Bevor der Tag zu dämmern beginnt, muß er zurück in das Kloster. Gleich danach wird der Vater beim Vorbeigehen laut an ihre Tür klopfen. Er wird vorausfahren auf das Feld, und sie wird kurz darauf in den Stall gehen und die Pferde einspannen, mit Großvater den Klee holen.

Auch sonst haben sie nicht mehr viel Zeit. Der Sommer rückt näher, und mit den Ferien wird er das Internat für immer verlassen, denn das Gymnasium geht nur bis zur sechsten Klasse.

Nicht vorzustellen, wie es sein wird, wieder allein zu sein, ohne ihn, ohne seine Zärtlichkeit, seinen Trost.

Sie muß noch mehr von diesen Gedichten auswendig lernen, um sie in Gedanken aufsagen zu können, auf dem Feld, in der Gaststube. »Geh, bring mir no a Halbe, sitz di her da...« »Und er gürtete den Schuh...«

Über dem Dorf liegt die Nacht. Wenn sie zu ersticken droht in der bierbleiernen Zuneigung der Männer, geht sie vor die Haustür. Im Kloster, in den Zimmern der Mönche brennt Licht. Sie werden lesen. Studieren, wie die Leute ehrfürchtig sagen. Sie beneidet jeden, der das darf. So auch die kleinen Buben des Internats, die arrogant durch das Dorf gehen und auf die schwitzenden Menschen herabschauen.

Jahrelang ist ihre Sehnsucht auf das Kloster gerichtet, dorthin, wo es Ordnung gibt und Kultur, nicht Chaos und Willkür. Warum hilft ihr keiner, befreit sie? Sie sagen doch sonst immer, was zu tun ist.

In diesen Nächten braucht sie keine Uhr. Wenn in dem großen Gebäude des Klosters nur noch zwei, drei Lichter brennen, weiß sie, daß es um Mitternacht ist. Wenn nur noch ein Licht brennt, ist es nach Mitternacht. Zeit, die keinen Namen hat. Wer von den Mönchen ist es, der die Nacht durchwacht, freiwillig, im Gegensatz zu ihr?

Im Traum steht sie vor dem Haus und schaut zum Kloster. Sie ist so allein, inmitten der lärmenden, lachenden Männer. Keiner fühlt mit ihr. Eine Geige erklingt, eine Melodie wird gespielt, klagend und wehmütig. Ich weiß, was ich tun muß, sagt sie entschlossen. Ich werde Geige spielen. Ich werde eine Melodie spielen, und sie werden meinen Schmerz verstehen.

Ein heißer Augusttag geht zögernd in den Abend über. Feierabend. Es ist ruhig geworden auf den Straßen, in den Ställen. Die Kinder spielen zwischen den Anwesen »Räuber und Gendarm«, die Frauen gießen Blumen und Gemüse, die Männer sitzen beim Bier, Neuigkeiten auszutauschen.

Sie blickt noch einmal in den Spiegel. Weggewaschen der Schweiß, der Staub, die Müdigkeit.

Die Zöpfe, im Nacken mit einer schwarzen Schleife zusammengehalten, sind ihr heute nicht lästig. Sie ist siebzehn und hat noch immer keinen Bubikopf.

Mit einer zugeschlagenen Tür fängt es an, das Drohen, das Schweigen, die Angst. Darf sie jetzt gehen?

Sie will zur Chorprobe, hat gehofft, daß sie ohne Erklärung davonkommen würde, aber im letzten Moment hat Vater sie doch noch erwischt.

Er kommt zurück. In seinem hageren, braungegerbten Gesicht sind die Wangenmuskeln in kleinen Strähnen hervorgetreten. Sie weiß, was es bedeutet.

»Wo ist der Putzlumpen?« Hat wieder einer sein Bier verschüttet. Ihr Kopf deutet in die Ecke. »Da.«

»Heb ihn auf!« Mit Daumen und Zeigefinger hält sie den Putzlumpen hin zu ihm, der ausgestreckte Arm soll Distanz schaffen. Dennoch erreicht seine Hand mühelos ihr Gesicht, rast hinein, daß es ihr den Kopf zur Seite reißt. Sie taumelt.

»Dir werd ich helfen. Mit spitzen Fingern langst du mir nichts zu!«

Als sie wieder zu sich kommt, ist sie allein. Noch dröhnt der Kopf, vibriert das Gesicht. Wenige Minuten zuvor fand sie sich schön, jetzt ist sie ein Nichts.

Benommen geht sie aus dem Haus über den Hof. Mit wenigen Schritten sind die Felder erreicht, die gleich hinter dem Anwesen beginnen. Dazwischen der Hohlweg. Er war schon immer ihr Platz gewesen. Im Sommer lehnte sie im Hang inmitten wilder, scharf duftender Kräuter, pflückte dunkelrote Erdbeeren, war betört von ihrem Aroma. Sie flüchtet aber auch hierher, wenn die Willkür der Erwachsenen, der Schmerz der Demütigung sie zu vernichten drohen.

Zusammengekrümmt liegt sie in einer Mulde und weint. Auf ihre Fragen gibt es keine Antwort.

Die Nacht hat sich über die Felder gelegt. Die Luft ist feucht und kalt. Der Duft der wilden Gräser ist erstarrt. Sie friert.

Am Himmel treten die Sterne hervor, und es dauert nicht lange, dann ist er bedeckt von einem Netz leuchtender Punkte. Hatte sie nicht im Lexikon das Sternbild des Großen Wagens gesehen? Einen Wagen mit einer großen Deichsel. Sie kann nicht recht glauben, daß es so etwas gibt.

Sie dreht den Kopf nach allen Seiten, sie legt sich auf den Rücken, sucht die Deichsel.

Da! Aus dem flimmernden Durcheinander hebt sich der Bogen deutlich ab. Sie zieht die Linie zu den anderen Sternen, jetzt, jetzt hat sie ihn. Ein Glücksgefühl durchströmt sie: Der Große Wagen, der Große Wagen, ich hab ihn! Hinausschreien möchte sie es, aber um sie herum ist die Nacht, und sie ist allein.

Allein. Die Menschen liegen längst im Bett und schlafen, wissen vielleicht gar nicht, daß es ihn gibt.

Wieder geht ihr Blick in den Himmel, sie kann es nicht fassen, kann sich nicht lösen von den hellen, klaren Sternen, die deutlich einen Wagen bilden. Der große Wagen, er gehört ihr. Es ist ihr Geheimnis.

Sie geht zurück und schleicht ins Haus. Morgen wird sie den Großen Wagen wieder suchen.

Als sie am nächsten Tag von der Haustür aus in den Himmel schaut, stehen die Sterne des Großen Wagens hell leuchtend vor ihr. Jetzt hat sie zwei Dinge, auf die sie schauen kann in den tobenden Nächten: das Kloster und den Großen Wagen.

In der Stunde der Dämmerung, grau und dunkel im Herbst, tiefblau im Winter, schleicht sie sich davon, als könnte sie sich ebenfalls verwandeln, wie der lautlos sich verändernde Tag.

Sie verläßt den brodelnden Lärm der Gaststube, die Männer am Biertisch, die Küche, den Stall und huscht durch das Dorf, das daliegt in Kargheit und Trostlosigkeit.

Durch die Fenster der kleinen Häuser schimmert trüb und schwach das Licht der Lampe an der Decke.

Vorsichtig drückt sie an der Kirchentür die Klinke des schweren Schlosses herunter, die erst im letzten Drittel nachgibt, dann laut ist. Sie öffnet die zweite Tür, und mit verhaltenem Atem tritt sie in den finsteren Raum.

Weihrauchduft und Kerzengeruch vom Morgen erfüllen dumpf das Kirchenschiff.

Vorne im Chorgestühl stehen die Mönche. Ein kleines Licht fällt auf ihr Buch. Ringsum herrscht Dunkelheit. Sie setzt sich in die letzte Bank.

»In nomine Patris et Filii et Spiritus Sancti«, die Melodie des Gregorianischen Gesanges, die Stimmen der Mönche, ehrfürchtig und sanft strömen sie ein.

Sie taucht ein in das wiederholte »Gloria Patri, et Filio, et Spiritui Sancto«, es ist das, was man Himmel nennen könnte oder auch Schoß.

Sie rennt nach Hause, betritt die Gaststube.

Keiner, der sie ungeduldig oder sehnsüchtigen Auges erwartet, weiß, daß sie brennt, hell lodernd vor Sehnsucht. Und daß es schmerzt, zu brennen, ohne gerettet zu werden.

Kyrie eleison, Kyrie eleison.

In der Nacht träumt ihr: Eine Prozession zieht durch den Ort. Sie steht am Straßenrand mit den anderen.

Von Gesang begleitet kommen sie näher, die Kinder, die Männer und Frauen, die Honoratioren, die Mönche, die Ministranten. Unter dem Baldachin ein Mönch im Festtagsgewand. Er hält die Monstranz mit dem Allerheiligsten.

Weiß und golden schimmert sein Gewand durch den Schleier des Weihrauchs, des würzig, nach Fremdem, geheimnisvoll Duftenden.

Das Gesicht des jungen Mönches ist blaß und hohlwangig. Er ist in sich gekehrt, ganz bei sich selbst und mit »Ihm«. Ihn erwartet sie, sonst niemand. Sie hat das stille Feuer in seinen Augen gesehen. Er ist Mönch und sehr fromm. Man sagt, daß er sich geißelt. Geißelt gegen die Versuchung und für die Sünden der anderen. Er will leiden wie Jesus.

Die Prozession zieht vorbei. In den Gesang der Menschen, in ihre Gebete, in das Glockengeläut, in den Weihrauchduft mischt sich der Gestank von Verwesung. Es riecht nach Verfaultem, nach verwestem Fleisch. Es stinkt bestialisch, sie möchte fliehen und kann nicht. Sie darf nicht. Sie mußt, diesen Verwesungsgeruch einatmen, der mit der Prozession gekommen ist.

»Jetzt bist du wie eine aus der Stadt.« Der Pater, der die Jugendgruppen leitet, sieht sie enttäuscht an. Sie hat sich ihre Zöpfe abschneiden lassen.

In der Gruppenstunde am Abend sagt er: »Da gibt es Menschen, die behaupten, zum Glücklichsein brauche man keinen Gott. Eine junge Französin, Françoise Sagan heißt sie, hat ein Buch darüber geschrieben. Ich warne euch vor dieser sündigen Welt, vor Menschen, die ihr Leben ohne Gott leben. Am

Mittwochabend treffen wir uns und beten den Rosenkranz.«

Dann beten sie nach der Arbeit den schmerzhaften Rosenkranz. In Striemen gräbt sich der Holzboden in ihre nackten Knie. Der Rücken schmerzt. Ein kleines, winziges Opfer nur, für eine immer gottloser werdende Welt.

Es gibt Männer, die sie gerne mag. Deren Zuneigung hüllt sie tröstend ein, legt sich um ihre Schultern wie ein wärmender Mantel. Und wenn der Vater das Mädchen zurechtweist, weil seiner Meinung nach die Borte des Bieres nicht schön genug ist, die Aschenbecher zu voll, dann springen sie ihr zur Seite. »Geh, schikanier doch des Deandl net gar a so.«

Manchmal weiß man schon am Sonntagvormittag, daß dies ein stürmischer Tag werden wird. Es weht die Männer mit ihrer ganzen Kraft, mit ihrer Lust herein. Wenn die richtigen beisammen sind, die Stimmung heiter, dann kann sich auch das Mädchen nicht entziehen, wird sie mitgerissen von dem, was in der Luft liegt, und der Pflicht, die sie zu erfüllen hat. Wenn es dann brodelt in der Gaststube, wenn die Männer ihre weißen Hemdsärmel zurückgekrempelt haben, wenn sie die Kugel auf den Asphalt gleiten lassen, die fallenden Kegel die Spieler aufschreien lassen, wenn dem Mädchen die leeren Biergläser entgegengehalten werden, mancher Blick ihr sagt, was nicht gesagt werden kann, das Lächeln haften bleibt auf ihrem Gesicht, dann spürt sie keine Müdigkeit, keine Zweifel mehr an diesem Tag, in dieser Nacht.

»Setz dich her zu uns«, sagen die Besonnenen lächelnd, sobald es etwas ruhiger geworden ist, rücken zur Seite.

»Ich muß dir jetzt was erzählen«, sagt der Schreiner, »des hab ich noch niemandem erzählt, auch meiner Frau nicht, die würde mich gar nicht verstehen, glaubst mir das?

Ich war doch im Krieg in Italien, in Neapel. Knapp achtzehn war ich. Und da war ein junges Mädchen, ganz schwarze Haar und ganz schwarze Augen. Sie war fast noch ein Kind, vierzehn, vielleicht. Sie war sehr schüchtern. Und jedesmal, wenn sie uns Soldaten gesehn hat, ist sie ins Haus gerannt.

In diesem Winter war's sehr kalt, und eines Nachts hatte es geschneit. In Neapel! Und als in der Früh alles weiß war, ist das Mädchen aus dem Haus gelaufen, hin zum Schnee. Vorsichtig hat sie den Schnee angefaßt und ihn durch die Finger gleiten lassen. Dann hat sie mit beiden Händen den Schnee in die Luft geworfen, immer wieder. Sie hat gejuchzt und geschrien. Sie hat sich ganz vergessen, sie war wie von Sinnen.

Ich hab einen Schneeball gemacht, ein' ganz leichten, weißt schon, und hab ihn ihr vor die Füße geworfen. Erst hat sie gestutzt und geschaut, und als sie mich gesehen hat, hat sie gelacht. Zum ersten Mal hab ich sie lachen gesehen. Dann hat sie auch einen Schneeball gemacht und in meine Richtung geworfen. So ging das hin und her. Wir sind uns immer näher gekommen. Wir standen uns gegenüber. Angeschaut hat sie mich mit ihren dunklen Augen, es ging mir durch und durch. Ich sag dir, das werd ich nie vergessen.

Ich hab seitdem nie mehr einen Menschen gesehen,

der so glücklich war wie dieses Mädchen, das zum ersten Mal in ihrem Leben Schnee in den Händen gehalten hat.

Jedesmal wenn Schnee fällt, muß ich an diese Geschichte denken. Und wenn ich nicht schlafen kann, überlege ich, wie es wäre, wenn ich nach Neapel fahren würde. Aber ich glaube nicht, daß ich sie wiederfinden würde. Was meinst du?«

»I fahr jede Woch auf Rengschburg eine«, sagte der Gutsbesitzer. »Kannst jederzeit mitfahrn, brauchst mas bloß sagn.«

Brauchten sie nicht längst schon eine Lampe für das Wohnzimmer, einige Bilderrahmen und sonstige Dinge, die man hier nicht bekam? Die Mutter erlaubte, daß sie fuhr, und dem Vater wurde die Notwendigkeit dieses müßigen Tages erklärt.

Am Vormittag holte er sie ab im Mercedes. Fett saß er hinter dem Steuer, er grinste, als sie einstieg.

Die Leute waren schon wieder auf dem Feld. Sie saß im Auto im schönen Gewand, fuhr an den Frauen vorbei, die helle Kopftücher trugen und Rüben harkten.

Vor Regensburg, von der Anhöhe aus, kurz bevor es hinunterging, sah man den Dom frei auf einem großen Platz stehen, aber wenn man vor ihm stand, war er umgeben von Häusern. Das war der Trick des Dombaumeisters, wie ihr der Lehrer erzählt hatte.

»Also um sechse beim Augustiner«, sagte er, als sie ausstieg. »I sitz in der Schwemm, wirst mi scho finden.«

Viel zu früh hatte sie alles beisammen, und mit den Paketen in der Hand stand sie da. Noch zwei Stunden. Wo sollte sie warten? Sie ging in den Dom. Sie ging nach vorn, zur Verkündigungsszene aus Stein. Sie sah wieder den schelmisch lachenden Engel, der Maria die Frohe Botschaft bringt. Auch dies hatte ihr der Lehrer gezeigt, der soviel von Kunst verstand. Er hatte sie auf seinem kleinen Motorrad mitgenommen, und als das Motorrad am Berg stehenblieb, er ratlos davorstand, hatte sie ihm geraten, die Zündkerzen auszuschrauben und sie mit dem Taschentuch zu säubern. Er war verblüfft über ihre Kenntnisse, und hat es am Abend, noch immer verwundert, als erstes ihrem Vater erzählt.

Sie ging die kleinen Gassen hinunter zur Donau. Als sie aus der Dunkelheit trat, lag der Fluß vor ihr. Darüber die Steinerne Brücke, von der es eine Sage gab. Sonne lag auf den mittelalterlichen Häusern auf der anderen Flußseite.

Breit war der Fluß, und schnell floß das Wasser. Gefährlich schien ihr das und gewaltig. Sie setzte sich auf eine Bank und sah dem Wasser zu. An manchen Stellen drehte sich das Wasser in Spiralen in die Tiefe. Ihre Augen gingen mit dem ziehenden Wasser, und bald hatte sie das Gefühl, daß auch sie floß, daß sie mitgerissen wurde, der Boden ihr entschwand. Sie stand auf und setzte die Füße fest auf den Kiesweg, ging umher.

Aus dem kleinen Kamin der Wurstkuchl zog der Rauch, und der Duft von Bratwürsten und Sauerkraut wehte herüber zu ihr. Sie war hungrig, aber sie getraute sich nicht, hineinzugehen. Mit den Paketen.

Und überhaupt. Männer gingen ein und aus, manchmal hing eine Frau am Arm eines Mannes, lachend, schäkernd.

Sie ging wieder zurück in die Stadt, am vereinbarten Lokal vorbei, sah sich die Schaufenster an. Um den Dom herum waren die Buchhandlungen mit den frommen Büchern. Andere Geschäfte hatten geschnitzte Madonnen und Kreuze, Kerzen, Dürerhände und Weihwasserkessel in den Auslagen. Dinge, die in ein christliches Haus gehörten.

Pünktlich um sechs betrat sie das Gasthaus. Sie ging dem Lärm nach und fand den Mann im raucherfüllten Saal an einem großen, runden Tisch mit anderen Männern.

»Sitz di her da«, sagte er lachend und schob ihr einen Stuhl zu. Die anderen grinsten sie an, angestochen, gieriges, übermütiges Flackern in den Augen. Die ersten Witze fielen, Anspielungen, kaum daß sie saß. Man schob ihr das Schnapsglas zu, mal von der, mal von der anderen Seite.

»Trink, trink, dann wachst dir dei Ding.« Der Mann bestellte ihr einen Schnaps, obwohl sie keinen wollte. Sie bestanden darauf, daß sie trank, prosteten ihr immer wieder zu. Dieses Spiel war ihr nicht fremd: Sie halfen ihm, sie betrunken zu machen. Sie war verärgert darüber, blieb aber immer noch freundlich. Er jedoch ließ sich nicht abhalten, drängte sie weiter zu trinken.

Es war dunkel, als sie aufbrachen. Nicht lange, dann fuhr er ab von der Straße, hielt am Waldrand.

»Ich komm gleich wieder«, sagte er und verschwand im Dunkeln.

Kaum war er eingestiegen, fiel sie mit dem Sitz

nach hinten. Auch er lag, zog sie heftig an sich, stöhnte und fuhr gierig mit nassen, speicheligen Lippen ihr Gesicht ab.

»Lassen Sie das«, sagte sie, stemmte sich gegen ihn und wischte mit der anderen Hand den Speichel aus ihrem Gesicht.

Er stöhnte, jammerte, ein Kranker, dem man das heilende Mittel nicht verweigern durfte. Er ergriff ihre Hand und steckte sie in seine Hose, die offen war. Sie erschrak, als sie die dicke, fette Masse fühlte, den Bauch, der bedeckt war mit Haaren.

»Nein«, sagte sie, »hören Sie auf.« Mit einem Ruck holte er das angeschwollene Stück Fleisch hervor, sie streifte es kurz, fuhr erschrocken zurück.

Sie sagte ihm noch einmal, daß sie nicht wollte, aber sie war vorsichtig, sie durfte ihn nicht vor den Kopf stoßen, ihn nicht beleidigen, den Gutsbesitzer, der Pferde züchtete und eine Brauerei hatte. Vor allem durfte er nicht blamiert werden, damit er später nicht das Gegenteil erzählte.

Zwei Tage danach rückte er an mit drei weiteren Männern. Es war schon spät, und sie wollte gerade zu Bett gehen.

»Wir ham an Durst«, beharrten sie, »du wirst uns doch noch a Bier geben. Seids ihr a Wirtshaus oder net?«

Sie musterten das Mädchen, schickten es hin und her und meinten, daß sie heute aber einen besonderen Gang habe. Jetzt wußte sie, daß er ihnen das Gegenteil erzählt hatte. Eindeutige Worte fielen, auch seine Lieblingsworte Stute und Hengst. Er besprang sie alle.

»Du mußt in d'Stadt«, sagt die Tante, »damit du was anders hörst und siehst. Zu Haus lernt ma nix, und wo der Taler gschlang is, is er nix wert.«

Als der Postbote an einem Oktobernachmittag sein Fahrrad an den Feldrain legte, die Furchen des Feldes heraufkam, gingen die gebückten Körper der Kartoffelklauber langsam nach oben, sahen sie ihm erwartungsvoll entgegen.

»Ein Telegramm«, sagte er, reichte es dem Mädchen.

Zögernd nahm sie das Kuvert, schlitzte es mit lehmig verkrusteten Fingern auf und las. Ihr wurde heiß:

> EINTRITT ALS KÜCHENHILFE SOFORT MÖGLICH. ERWARTEN NACHRICHT. – GASTSTÄTTENBETRIEBE AM FLUGHAFEN MÜNCHEN-RIEM.

Es war soweit. Wie von ferne hörte sie das Drängen der anderen, was das für ein Telegramm sei und von wem. Sie reichte es wortlos der Mutter. Die las, bekam ihren dunklen, unsicheren Blick, reichte es weiter an den Vater.

»Hast du da hingschrieben?« fragte er sie. Sie nickte. »Wie stellst du dir des vor, mitten unterm Erdäpfelklauben?«

»Ja, aber ihr habt mir doch immer versprochen, daß ich im Spätherbst, wenigstens den Winter über, fort darf.«

»Bevors net gfrorn hat, brauchst gar net dran denken.«

Endlich fand sie den Eingang zum Betrieb. Als sie sich mit ihrem Koffer durch die Schwingtür gekämpft hatte, stand sie vor einer Gruppe Kellnern. Schnelle, routinierte Blicke taxierten das Mädchen. Dann rief einer nach der Beschließerin. Die brachte Eva sofort in das Büro, wo sie einen Vertrag unterschrieb, und führte sie anschließend durch die Abteilungen der Gaststättenbetriebe.

Es war verwirrend. Sie sah nur weiße Kochmützen, Gesichter konnte sie nicht unterscheiden. Gewaltiger Lärm herrschte. Geschirr klapperte, Pfannen wurden hin- und hergeschoben, Anweisungen weitergegeben.

In der Küche stand eine Frau an der Theke, sie mochte um die Dreißig sein. Ihr Mund war auffallend groß und tiefrot geschminkt, und ihr Blick hinter dikken Gläsern wirkte verschwommen und stechend zugleich. Sie las, den Köchen zugewandt, mit einer Stimme, die Eva sofort auffiel, Speisen von kleinen Zetteln.

»Und da arbeiten Sie«, schrie die Beschließerin, deutete von der Tür aus in einen Raum, der im Anschluß an die Küche lag, durch Glaswände von allen Seiten her einsehbar war, Männer standen an Spülbecken, wuschen Töpfe, Frauen räumten hastig, mit geübtem Griff das Geschirr von der Theke, das die Ober im Vorbeigehen hinschleuderten. Eine große Spülmaschine ratterte, stieß dampfend in flachen Holzträgern geschichtetes Geschirr aus, Geruch von Speiseresten, vermischt mit dem feuchten Dampf der Spülmaschine, der nach Chemikalien roch, schlug Eva entgegen.

Rita, das Mädchen aus der Spülküche, nahm sie

zum Abendessen mit in den Keller, danach gingen sie in ihr Zimmer.

Vier Metallbetten standen im Raum, daneben die Nachtkästchen, zwei Schränke. Sie mußte sich einen mit Rita teilen. Während Rita in den Waschraum ging, räumte Eva ihre Sachen in den Schrank. Es gab kein Fach, keine Schublade, das abzusperren war, also ließ sie die wenigen Dinge, die ihr wichtig waren, im Koffer.

Die Hände im Nacken verschränkt lag sie auf dem Bett. Auf dem Flur die Stimmen von Männern und Frauen, Gekreische und Türenschlagen unentwegt. Junge Burschen steckten den Kopf zur Tür herein, immer unter dem Vorwand, jemanden zu suchen.

Wenigstens war sie jetzt hier. Die Fahrt in die Stadt mit Postauto und Zug hatte trotz der knapp einhundert Kilometer Entfernung fast einen Tag gedauert. Aus Angst, den Anschluß zu versäumen oder auf dem falschen Gleis zu stehen, war sie unfähig gewesen, etwas zu essen.

Das Zimmer war klein. Zu viert würden sie hier schlafen. Ein Bett, ein Nachtkästchen, die Hälfte eines Schrankes standen ihr zur Verfügung. So war das also in der Stadt. Hatten die Eltern doch recht gehabt. Sie hätte nicht einfach zusagen sollen, auf ein Telegramm hin, das sie ihr geschickt hatten. Aber wer hätte ihr dabei helfen sollen? Die Eltern nicht. Sie waren dagegen, daß sie fortging. Und jetzt stand sie in dieser dampfenden, stinkenden Spülküche. Hätte sie etwas anderes fordern können? Nein, sie konnte ja nur mit den Händen arbeiten.

Am nächsten Tag stand sie über ein großes Becken

gebeugt und spülte die fetten Roste und Küchengeräte, hob Behälter mit sauberem Geschirr weg von der Maschine, trocknete ab, schob ganze, halbe Menüs in den Abfall, die eilige Fluggäste zurücklassen mußten. Sie dachte an den Großvater, der so gerne aß, dem das Stück Fleisch, das ihm die Mutter auf den Teller legte, immer zu klein war.

Die Blicke der jungen Köche und Kellner glitten neugierig, unverfroren an der Neuen rauf und runter. Ein Kellnerlehrling, semmelblond und sommersprossig, schreckte sie jedesmal mit einem schrillen Gemsenpfiff, wenn er nur ihren Rücken sah.

Fanny, eine Frau in den Fünfzigern, mit aufgeschwemmtem Gesicht, Zigarette im Mundwinkel, führte Regie in dieser Abteilung. Sie legte sich mit den Kellnern an, schrie ihnen laut ihre Zurechtweisungen ins Gesicht.

Alois, der Spüler, steckte mit der oberen Hälfte meist in großen Töpfen. Sobald sich die Gelegenheit ergab, erzählte er ihr von seinem Wunsch, Kapitän auf einem Donaudampfer zu werden. Die aufgeweichten Spülerhände auf der Gummischürze ruhend, schilderte er ihr stotternd die Aufgaben eines Kapitäns, die Ausstattung des Schiffes und die Route, die es fuhr, bis ins Detail. Speichel hatte sich in seinen Mundwinkeln festgesetzt, maisgelbe Zähne wurden sichtbar, mühelos formulierte er sein Ziel: Donaudampfschiffahrtsgesellschaftskapitän.

Da waren noch Sam, ein seßhaft gewordener Globetrotter, wie er sich selbst nannte, und ein jüngerer Mann, der für kurze Zeit wieder Essen und ein Bett haben wollte und der ihr beim Kartoffelschälen grinsend sagte, daß er auf eine Unschuld wie sie schon lange gewartet habe.

Rita schien die normalste in diesem dampfenden, lärmerfüllten Raum zu sein. Sie war achtzehn, wie Eva, und kam aus einem Nest in der Oberpfalz. Ihr Blick war schüchtern, brav. Manchmal jedoch blitzte es in ihren Augen für einen Moment tiefgründig auf, eine andere, unvermutete Seite ihres Wesens kam zum Vorschein.

Durch das Fenster sah Eva die Kochmützen hin- und hersausen.

Immer wieder glaubte sie, neue Gesichter zu entdecken. Einer war nicht zu übersehen, der Chef. Er stand am Herd, kostete Speisen, gab mit strenger Stimme seine Anweisungen.

Am dritten Tag holte die Beschließerin Eva aus der Spülküche. Statt einer blauen Schürze bekam sie eine weiße, und in das Haar wurde eine gestärkte Rüsche gesetzt. Salate sollte sie von jetzt an machen, die Chefin des Betriebes lernte sie an. Zu den fünfzehn Standardsalaten kamen die der Tageskarte und die Salate für die Bordverpflegung der einzelnen Fluglinien.

In den ersten Tagen half man ihr noch, dann war sie auch in den Stoßzeiten, an den Sonntagen mit den Flughafenkonzerten, allein. Sie verlor bald die Übersicht, wenn Irene die Speisen wie eine nie enden wollende Litanei herunterlas. Sobald Eva den Anschluß verloren hatte und eine Reihenfolge nicht mehr zu erkennen war, brachte sie Salate nach vorne für die Essen, die sie eben noch gehört hatte.

Sie fühlte sich klein neben Irene, die hochdeutsch sprach, deren Worte gut artikuliert und scharf wie Messer waren, Aufmerksamkeit verlangten, die mit ihren Bemerkungen alles bloßstellen und wieder zurechtrücken konnte. »Das Rehmedaillon könnte marschieren, wenn ich den Salat dazu hätte, und das Wienerschnitzel steht heute mit Majonnaisensalat auf der Karte.« Von der Herdseite kamen streng die Blicke der Köche: Ihretwegen würde das Essen kalt werden.

In der Weitläufigkeit und im Lärm der Küche war die Verständigung mit Blicken und Gesten unerläßlich. Irene registrierte alles. Sie wachte über das flüchtige Lächeln, das Kopfnicken, das in der sonntäglichen Hektik, im Lärm zwischen Herd und Salatposten hin- und herging. Und das kurze, helle »Klick«, das der Oberkellner Scherer mit seinem Ring beim Vorbeigehen an Evas Theke entstehen ließ, war besser auch nicht zu laut.

Anfangs hatte sie dieses »Klick« nervös gemacht, aber im Laufe der Zeit war es ihr so vertraut geworden, daß sie es vermißte, wenn Scherer seinen freien Tag hatte. Es gab ihr das Gefühl, nicht allein zu sein in diesem Hexenkessel, wo alle, wie von unsichtbarer Hand gesteuert, funktionierten. Zweimal »Klick« bedeutete: Dreh dich um! Da waren manchmal ein Eisbecher, eine besonders gute Nachspeise oder eine Illustrierte. Wenn Irene frei hatte, gab es etwas Besonderes für Eva. Auch wenn er sah, wie sie litt, wenn sie in den Nachmittagsstunden, kaum, daß es etwas ruhiger geworden war, Suppenhühner und Hähnchen auszunehmen hatte.

Ja, sie fand die Arbeit demütigend. Wie eine Maschine hatte sie zu arbeiten, um die fünfzig Hühner zu bewältigen. In die eiskalten, manchmal noch nicht ganz aufgetauten Hühnerleiber zu fassen, die Innereien herauszureißen, den Magen vom Gedärm zu trennen, Galle von der Leber zu lösen und alles kochfertig herzurichten. Ihre Finger waren danach zerstochen, die Handrücken zerkratzt. Es schmerzte, wenn sie danach mit Salz und Essig in Berührung kamen. Es schmerzte sie auch ein wenig, daß ihr der Küchenchef diese Arbeit bald zugeschoben hatte, weil sie flink arbeitete und er die Lehrlinge dadurch entlasten konnte. Daß er sie mochte, war dabei nicht ins Gewicht gefallen. Sie hatte es von Anfang an gespürt, und sie hatte sich nicht getäuscht. Manchmal, wenn sie unvermittelt von ihrer Arbeit hochsah, traf sie ihn, wie er sie ruhig und versonnen betrachtete.

Und eines Nachmittags, während sie wie immer den Speiseplan für die nächsten Tage besprachen, hatte er sie, indem er über sein Blatt gebeugt weiterschrieb, gefragt, ob sie mit ihm ausgehen wolle. Wenn ja, dann würde er den nächsten Mittwoch ebenfalls frei nehmen. Sie hatte leise ja gesagt und war verwirrt an ihren Tisch zurückgegangen.

Warum dieser Abend dann bei ihr dieses ungute Gefühl hinterließ, warum sie dann gar so gehemmt war, sie wußte es nicht.

Es fing damit an, daß er so ganz anders aussah, ohne Kochmütze, im hellen Sommeranzug. Sie fand ihn bieder und alt. Er fragte sie, ob sie einen besonderen Wunsch für diesen Abend habe. Sie hatte keinen.

Sie fuhren hinaus aufs Land. Die Abendsonne lag über der Landschaft, kräftig trat das Grün hervor, hell schimmerten die Getreidefelder. So weit war also das Getreide schon. Es würde nicht mehr lange bis zur Ernte sein. Schmerz durchzog ihre Brust. Sie dachte wieder an zu Hause, an die Eltern, an die Schwestern, an die schwere Arbeit bei der Ernte. Sie waren der Meinung, daß sie es schöner haben würde, in der Stadt.

Es dauerte nicht lange, dann waren die Berge zu sehen, die sich als Kette von Horizont zu Horizont zog. Sie hätte aufschreien mögen, so überrascht war sie, so schön fand sie es. Die Berge waren also ganz nah, und sie hatte bisher nur Mauern und Häuser gesehen; zugedeckte, gepflasterte Erde. Jetzt, da sie dies alles sah, wußte sie, was ihr schon so lange gefehlt hatte.

Er hielt auf einem Parkstreifen. »Ich muß dir etwas zeigen«, sagte er. Unter ihnen lag eine Stadt im Abendlicht, sah aus wie die Vorlage eines Holzbaukastens. Eine geschlossene Häuserfront mit bunten, fremdartigen Giebeln schmiegte sich in die Flußbiegung hinein.

»Das ist Wasserburg«, sagte er. »Eine schöne Stadt«, fügte er hinzu. Ja, ihr gefiel sie auch.

In Wasserburg gingen sie durch die Gassen, gingen unter Bögen und Gewölbe, stiegen die Stufen zu einem Tanzcafé hoch. Musik kam ihnen entgegen. Gott sei Dank, Musik, dachte sie. Aber als sie den Raum betraten, waren außer der Drei-Mann-Kapelle nur zwei Paare da.

Eva aß einen Eisbecher, er trank Wein. Während sie langsam ihr Eis löffelte, brauchte sie nicht zu reden, nur ab und zu ja und nein zu sagen. Es irritierte sie, daß er nicht aufhörte, sie anzuschauen, daß er sich vergaß, sich nicht losreißen konnte von ihrem Gesicht. Sie kannte diesen Blick. Zu Hause, in der Gaststube, sahen sie manche Männer so an. Dieses Begehren, oder war es nur die Freude am Anblick eines jungen Mädchens, war anders als die direkte Art der Jungen.

Oft beschlich sie Wehmut und Bedauern, weil sie im Blick der Männer etwas sah, das mit dem Altern, mit dem Vergänglichen zu tun hatte.

Dann endlich erzählte er von sich. Von seiner Zeit als Schiffskoch, von den Ländern, die er gesehen hatte, von den großen Städten New York, Hongkong, Rio de Janeiro. Erst als er von seiner ersten Reise überhaupt erzählte, war sie ganz gefangen. Als vierzehnjähriger Junge hatte er sich ein Fahrrad zusammengespart und war nach Frankreich gefahren, das Grab seines Vaters zu suchen. Er hatte ihn nie gesehen. Und weil er Angst hatte, daß ihm das Kostbarste, sein Fahrrad, geklaut würde, hatte er es, während er im Freien schlief, an seinen Fuß gebunden. Sie fand diesen Einfall gut. Sie lachte zum ersten Mal frei und herzlich, zugleich fühlte sie mit ihm, und er tat ihr leid. Sie sah den Jungen vor sich, wie ihn die Sehnsucht trieb, wie er auf dem riesigen Feld der Kreuze das Grab seines Vaters suchte.

Auf der Heimfahrt schwiegen sie. Als sie ihm zum Abschied die Hand gab, sagte er gespielt enttäuscht: »Bekomme ich keinen Kuß?« Und während sie zögerte, zog er sie langsam an sich. Sie küßte ihn flüchtig und verlegen.

Die nächsten Tage unterschieden sich nicht von den bisherigen. Sie beide aber suchten öfter als sonst den Blick des anderen, prüfend, was er wohl denken möge.

Am Nachmittag stand sie wieder mit heißem, gerötetem Gesicht zwischen einer riesigen Pfanne, in der Zwiebel und Gulasch gekocht wurde, und einem Topf Bouillon, nahm Hähnchen aus.

Wenn sie dann endlich gehen konnte, mußte sie durch die kleine Stube, die abseits von den großen Räumen lag, späten Gästen vorbehalten war. Ein mit Zirbelholz ausgetäfelter Raum war es, ruhig und warm. Flugpersonal und Wartende saßen hier.

Sie konnte nicht widerstehen, beim Vorbeigehen einen Blick hinüber zu werfen zu den Gästen, die schön waren und gepflegt, weitgereist, wie sie sich immer vorstellte, und gewandt. Die rotgelackten Fingernägel der Stewardessen leuchteten herüber, ihre Gesichter waren makellos.

Die Gäste unterhielten sich mit gedämpfter Stimme, manche lächelten sich mit Blicken zu, wie es Verliebte tun. Auch die Kellner bewegten sich anders in diesem Raum: ruhiger, eleganter.

Jedesmal wurde sie wehmütig, und sie beneidete die, die da saßen. Das würde sie nie erreichen. Zehn Stunden lang stand sie auf schmierigem Pflasterboden. Das Haar war fettig, ihre Haut stank nach Bouillon und Zwiebeln, gebratenem Fleisch.

Mit brennenden, bleiernen Füßen ging sie in der Dunkelheit an den Büros der Zollbehörde und der Speditionsfirma vorbei. Die Erde vibrierte von der Kraft der Flugzeugmotoren, die Luft war erfüllt von ihrem schrillen, pfeifenden Lärm.

Auf dem Stockwerk tobten die Lehrlinge, Büffettmädchen stritten sich um die Dusche, das war jeden Abend so. Erst nach Mitternacht, wenn das Personal der Spätschicht zu Hause war und die Maschinen in die Halle gezogen, begann es ruhig zu werden auf dem Flur.

Dann konnte es passieren, daß mitten in der Nacht die Tür aufgerissen wurde, das Licht anging. Der

Chef stand in der Tür, warf einen flüchtigen Blick auf die Schlafenden. Irene hatte vor drei Jahren von einem Lehrling ein Kind bekommen. Aber die Kontrollen hatten nicht verhindert, daß auch bei Rita schon in der ersten Nacht ein Koch lag. Sie weinte, als man sie Monate später auf ihre körperliche Veränderung hin ansprach. Und der Vater des Kindes? Es könnte schon der Koch sein, meinte sie, aber auch ein anderer könnte dafür in Frage kommen. Denn am Tag vor der Abreise nach München hatte sie nach einem Tanzabend in ihrem Dorf zum ersten Mal mit einem jungen Burschen etwas gehabt. Nein, den Eltern könne sie es nicht sagen, und nach Hause würde sie erst gehen, wenn das Kind geboren war.

Evas einziger freier Tag in der Woche, ein kurzes, flüchtiges Anhalten. An diesem Tag konnte sie in Ruhe baden, Wäsche waschen, Briefe schreiben. Am Nachmittag fuhr sie in die Stadt. Die Stadt bestand aus langen Häuserzeilen und Straßen, in denen sie sich verlaufen konnte. Sie hielt sich an Straßennamen fest, wie ein Blinder an seinem Stock. Sie prägte sich die Haltestelle der Straßenbahn ein, um sie am Abend wiederzufinden. Beim ersten Mal wartete sie sehr lange an der Stelle, wo sie ausgestiegen war, nicht wissend, daß die Haltestelle in die entgegengesetzte Richtung auf der anderen Straßenseite lag.

Meistens sah sie sich an diesem Nachmittag zwei Filme hintereinander an. Später, als sie sich schon besser auskannte, ging sie auch in die Milchbar am Hauptbahnhof. Sie saß zwischen Reisenden und Wartenden und zwischen solchen wie sie, die hierher gingen, um nicht allein zu sein.

Rita brachte einen Buben zur Welt. Die Entlassung aus dem Krankenhaus stand bevor, und Rita hatte ihren Eltern noch immer nicht geschrieben. »Ich weiß nicht, was ich schreiben soll«, der Blick ihrer blauen Augen ging ins Leere. So schrieb Eva einen Brief an die Eltern.

Das Kind in ein Kopfkissen geschnürt, mit Koffer und Schachteln bepackt, brachte Eva einige Tage später Rita zur Bahn. Bald darauf kam ein Brief. Rita schrieb, daß sie von den Eltern gut aufgenommen worden sei und sich alle über das Kind freuten.

Eines Nachts, als Eva nach Hause ging, es war dunkel und die Flugzeuge dröhnten, löste sich aus dem Schatten der Bäume eine Gestalt. Ein Mann kam auf sie zu. Als er dicht vor ihr stand, erkannte sie Mario, den Sizilianer aus der Spülküche. Sie sah zuerst die Klinge des Messers blitzen, dann war klar, was er wollte. Er schob sie, das Messer an ihrer Brust, ab vom Weg in die Dunkelheit. Sie stolperte beim Rückwärtsgehen, fiel zu Boden, richtete sich schnell wieder auf und kniete vor ihm. Bittend hob sie die Hände hoch zu ihm, stotterte irgend etwas. Endlich ließ er ab von ihr, ging fluchend davon.

Am nächsten Tag erzählte sie dem Personalchef, was vorgefallen war. Der ging im Zimmer auf und ab. Die Hände auf dem Rücken redete er in gespreiztem Ton: »Sie haben ihn sicher bevorzugt bei der Essensausgabe, ihn angelacht oder ermuntert. Die Sizilianer sind hitzige Burschen, für die ist jeder länger dauernde Blick einer Frau eine Herausforderung. Haben Sie das nicht gewußt? Oder« – er machte eine Pause – »war etwas zwischen Ihnen?« »Nein, es war nichts.« »Sollen wir es der Polizei sagen?« »Nein, keine Polizei, es ist ja nichts passiert. Aber sagen Sie ihm, daß er mich in Ruhe lassen soll.«

Der Sizilianer, der kein Wort Deutsch versteht, läßt eine Predigt über sich ergehen und legt von jetzt an jeden Tag ein Geschenk auf Evas Bett.

Von zu Hause kam ein Telegramm, daß Großvater gestorben war.

Zuletzt war er mit einer Lungenentzündung im Krankenhaus gelegen. »Sophie«, hatte er zu seiner Schwiegertochter gesagt, »heut' nacht sterb' ich.«

Zurück von der Beerdigung, kündigte sie die Stelle am Flughafen. Für kurze Zeit ging sie wieder nach Hause. Dann brach sie erneut auf.